LA DERNIÈRE NEIGE

Du même auteur

Le Secret du funambule
Milan, 1989

Le Bruit du vent
Gallimard Jeunesse, 1991

La Lumière volée
Gallimard Jeunesse, 1993

Le Jour de la cavalerie
Seuil Jeunesse, 1995

L'Arbre
Seuil Jeunesse, 1996

Vie de sable
Seuil Jeunesse, 1998

Une rivière verte et silencieuse
Seuil, 1999

HUBERT MINGARELLI

LA DERNIÈRE NEIGE

roman

Pour Anne,

Amitiés

ÉDITIONS DU SEUIL
*27, rue Jacob, Paris VIe*

ISBN 2-02-041222-5

C'est l'année où il a tant neigé que j'ai voulu acheter le milan. J'ai désiré le posséder depuis le premier jour où Di Gasso l'a mis en vente, sur le trottoir de la rue de Brescia, parmi les postes de radio, les pièces d'automobiles d'occasion et les tables de chevet. Jamais encore je n'avais autant désiré posséder quelque chose.

Le soir même, en rentrant de l'hospice de vieillards où je travaillais, j'ai demandé à Di Gasso s'il accepterait que je lui verse de petites sommes d'argent en acompte sur le milan. J'avais peur que quelqu'un d'autre l'achète avant moi. Il m'a dit non, que ça ne l'intéressait pas, qu'il craignait qu'un jour ou l'autre je n'aie plus envie de l'acheter, et que ce jour-là je vienne pour lui réclamer mon acompte. Je lui ai dit que c'était impossible qu'un jour je n'aie plus envie du milan. Il a répété que ça ne l'intéressait pas, et a continué de scruter la rue, assis dans l'un des fauteuils qu'il vendait. J'ai quitté le trottoir où Di Gasso exposait ses marchandises d'occasion, j'ai traversé la route et je suis parti.

Par la suite je suis repassé rue de Brescia tous les soirs en rentrant de l'hospice pour m'assurer que le milan était toujours là, tout droit dans sa cage.

Au bout de quelques semaines, j'ai réussi finalement à me persuader que personne ne viendrait l'acheter avant moi, que les gens préféraient acheter des postes de radio ou des pièces d'automobiles plutôt qu'un milan.

Il y avait des soirs où, à peine entré dans la rue de Brescia, j'entendais les chansons que Di Gasso écoutait sur l'un de ses postes. Il l'avait posé sur une table peinte en blanc et branché à un fil électrique qui descendait par une fenêtre du premier étage de l'appartement qu'il habitait. La cage se trouvait à côté de la radio. Ça ne me plaisait pas. Je me demandais si un milan, en entendant ce qui sortait de la radio, pouvait longtemps garder le souvenir de ce qu'il avait vu et ressenti avant d'être capturé.

Ce que je craignais, c'était qu'il oublie les falaises et les vols planés au-dessus des plaines à force d'entendre les chansons d'amour que Di Gasso aimait beaucoup.

Un soir, j'ai demandé à mon père ce qu'il aurait préféré acheter à mon âge, un milan ou un poste de radio. Il m'a répondu :

– Sans aucun doute un poste de radio.

Je lui ai dit que c'était dommage, car justement, depuis plusieurs semaines, moi je désirais acheter un milan. Il en a été surpris. Il est demeuré silencieux un instant, puis m'a demandé de le lui décrire. Ce que j'ai fait dans la lueur pâle de sa lampe de chevet. Je ne me souviens pas combien de temps cela m'a pris pour le lui faire imaginer, ni les mots que j'ai employés. Je me souviens seulement qu'à la fin il m'a dit qu'il ne savait plus à présent quoi répondre à ma question, qui du milan ou du poste de radio il aurait choisi. A sa façon, il me félicitait de la manière dont je lui avais décrit le milan, car dans le fond je crois qu'il aurait quand même choisi le poste de radio.

Je n'osais plus rien demander à Di Gasso à propos du milan. Depuis qu'il avait refusé mon acompte, je le considérais comme un homme méprisant. C'était dommage, parce que j'aurais voulu connaître celui qui était allé capturer le milan. J'étais curieux de savoir comment cela s'était passé, quelles sortes de difficultés il avait rencontrées. Ce qu'il avait pensé tandis qu'il se tenait aux aguets. Je n'étais pas encore le propriétaire du milan, et cela me manquait déjà beaucoup de ne rien savoir sur sa capture. Je savais que le jour où il serait à moi, cela me manquerait encore davantage.

Un soir, en rentrant de l'hospice, j'ai vu de loin un homme debout sur le trottoir devant le fauteuil de Di Gasso. Soudain j'ai été certain que c'était lui qui avait capturé le milan. Sans doute parce que, depuis le matin, c'est à cela que je pensais, et que de loin cet homme avait la silhouette de quelqu'un qui a capturé un milan. Lentement j'ai remonté la rue de Brescia. Avant que j'arrive devant Di Gasso, l'homme est parti, comme je l'espérais. Je l'ai suivi.

J'ai marché derrière lui à une dizaine de mètres. J'étais tendu parce que je n'avais encore jamais vu de chasseur de milan avant ce soir marcher dans l'air du soir aussi tranquillement. Il s'est arrêté devant la fontaine de la rue d'Asiago pour se passer de l'eau sur la nuque. Je me suis arrêté, et l'ai observé ensuite boire dans sa main. Lorsqu'il est reparti, je suis resté là à le regarder s'éloigner. Puis j'ai fait demi-tour et suis retourné rue de Brescia pour voir le milan.

Il faisait nuit lorsque je suis rentré à la maison. Ma mère s'était inquiétée. Je lui ai dit que les vieux de l'hospice avaient eu envie de regarder le coucher du soleil, et que je l'avais regardé avec eux. J'ai compté l'argent que j'avais gagné l'après-midi. J'en ai donné la moitié à ma mère et on a mangé. Ensuite je suis allé dans la chambre de mon père et lui ai raconté que je venais de rencontrer celui qui avait capturé le milan. Il a voulu savoir si je lui avais parlé. J'ai allumé la lampe de chevet et lui ai dit que bien sûr je lui avais parlé, devant la fontaine de la rue d'Asiago. J'ai ajouté que nous avions bu de l'eau ensemble, et que je savais à présent comment les choses s'étaient passées parce qu'il me l'avait raconté. Il m'a demandé de le lui dire sans rien déformer. Je ne m'y attendais pas. De sorte qu'il m'a fallu tout de suite inventer une capture dans la région des lacs. Mais j'avais tellement songé à cette capture que les mots venaient tout seuls. Mon père m'écoutait les yeux fermés. Il les a ouverts soudain, et il m'a demandé :

– Tu déformes rien ?

Je lui ai répondu :

– Je déforme rien du tout.

J'ai continué à lui raconter la capture. A un moment il m'a dit qu'il aimait cette histoire. J'y ai mis alors de plus en plus de détails. Seulement il s'est endormi avant que je l'aie finie. J'ai terminé malgré tout de la lui raconter, parce que moi aussi je l'aimais bien, cette histoire. J'ai éteint la lumière et j'ai attendu un long moment dans le noir, debout à côté de la lampe de chevet, avant de sortir de la chambre. Parfois mon père se réveillait alors que nous venions juste d'éteindre sa lumière et cela lui faisait très peur de se réveiller dans le noir. Parfois c'était une peur si effroyable qu'elle l'empêchait de se rendormir. A cet instant je savais, parce qu'il me l'avait déjà raconté, je savais qu'il venait de rêver qu'il perdait toutes ses dents et qu'elles faisaient un tas de dents mortes au fond de sa main. Je méditais souvent sur ce rêve, et j'ouvrais ma main en essayant de voir mes dents mortes au fond. J'y parvenais, mais moi, cela ne m'effrayait pas beaucoup parce que malgré tout je sentais encore toutes mes dents bien vivantes dans ma bouche. Je n'arrivais pas vraiment à m'imaginer que les dents mortes que je voyais dans ma main étaient les miennes. Ce qui était effrayant pour mon père c'était justement, dans son rêve, de ne plus sentir les siennes bien vivantes dans sa bouche. Il y avait longtemps qu'il ne mangeait plus avec nous. Nous vivions de sa pension et de la moitié de l'argent que je gagnais en promenant les vieillards dans le parc de l'hospice.

Le lendemain, mon père m'a questionné à propos de la fontaine de la rue d'Asiago. Il a voulu savoir si j'avais vu ce qu'elle représentait. Je lui ai répondu que je n'avais pas eu l'idée de regarder parce que j'écoutais le récit de la capture du milan. Il m'a dit :

– C'est comme moi quand tu me l'as racontée, je n'y ai pas pensé non plus. Mais ce matin, si, et je me suis souvenu que c'est un oiseau qui est sculpté au-dessus du bassin, et que c'est par sa gueule que sort l'eau.

Je lui ai demandé si c'était un milan. Il m'a dit :

– A ça aussi j'ai réfléchi, parce que je savais que tu allais me le demander, mais je ne crois pas que c'en est un.

Je lui ai demandé d'essayer de bien se souvenir. Il m'a avoué qu'il était certain à présent que c'en était pas un. Il m'a dit que c'était déjà bien assez stupéfiant comme ça que la fontaine représentât un oiseau. Ce que j'ai admis, et on n'a plus parlé de la fontaine.

Il a tourné la tête vers la fenêtre, il avait l'air fatigué. La lumière de la lampe creusait ses joues. Il avait une main sur la couverture, l'autre sous sa nuque. Je lui ai demandé s'il voulait que j'éteigne sa lampe. Il a continué de fixer la fenêtre. Entre les lames des volets, c'était rouge. Il m'a demandé :

– Qu'est-ce que tu dis ?

J'ai répondu :

– Rien.

Je me suis levé et suis allé devant la fenêtre pour voir si, de près, c'était toujours rouge entre les lames. Ça l'était. Je suis revenu vers le lit, et mon père m'a demandé d'aller lui chercher un verre d'eau. J'y suis allé et j'ai laissé couler l'eau longtemps pour qu'elle soit bien fraîche.

Il faisait beau, et à l'hospice le travail ne manquait pas. Les vieux avaient très envie en ce moment de se promener dans le parc. L'été leur faisait du bien. Ils souriaient, ils tenaient mieux sur leurs jambes que pendant l'hiver. Ils arboraient des écharpes en couleur et des chapeaux antiques. Ils me payaient bien mieux que les jours où il faisait mauvais. Mon travail consistait à leur tenir le bras et à me promener avec eux dans le parc de l'hospice. Nous faisions une ou plusieurs fois le tour des grands arbres au fond du parc, et revenions vers les bancs. Je les aidais à se rasseoir, et c'est alors qu'ils me payaient. Je n'avais pas de tarif, ils me donnaient ce qu'ils voulaient. Parfois ils n'avaient pas d'argent sur eux, leur porte-monnaie était resté dans leur chambre. Ils étaient désolés et je leur disais que ça ne faisait rien. Parfois ils pensaient à me payer le lendemain, parfois non. Qu'ils me payent tout de suite ou non, je retournais ensuite chez Borgman, le concierge. J'allais m'asseoir dans sa petite maison à l'entrée de l'hospice. Depuis la fenêtre, je surveillais les bancs installés autour d'un jardin rond qui était planté de fusains et d'arbustes à fleurs. Les vieux savaient que j'étais là. Ils regardaient vers la fenêtre de Borgman quand ils voulaient aller faire le tour des grands arbres, et ils me faisaient signe de venir.

Je m'entendais bien avec Borgman. Je lui étais reconnaissant de me laisser entrer dans sa maison pour attendre les promenades. Il était taciturne et doux. Il aimait bien ma compagnie. Au milieu de l'après-midi, il faisait du café. Nous le buvions en regardant par la fenêtre et en parlant un peu. Il m'avait dit une fois que je devrais apprendre le nom des arbres du parc, me renseigner sur leur floraison et leur âge, afin de pouvoir tenir un petit discours chaque fois que nous passions dessous. Il était sûr que les vieux apprécieraient et me payeraient mieux la promenade. Je lui avais dit que c'était une idée. Mais je ne l'ai jamais fait. Parfois j'achetais une boîte de café et l'offrais à Borgman, et il me disait de garder mon argent. Je lui disais : « Monsieur, je vais pas tout le temps boire votre café. »

Les vieux, je les aimais tous bien. Mais ceux qui me payaient le mieux la promenade, je finissais malgré moi par les aimer un peu plus que les autres. Ils avaient tous beaucoup de choses à me raconter, et parfois c'était intéressant de les écouter.

Par exemple il y avait des écureuils dans les arbres. C'était toujours difficile de les apercevoir, mais, lorsque cela arrivait, le vieil homme ou la vieille femme à mon bras se souvenait toujours d'un jour lointain où il avait vu un écureuil. Même les vieux les plus ténébreux, ceux qui ne me parlaient pas tandis que nous marchions, même ceux-là avaient leur regard qui s'éclairait lorsqu'ils voyaient un écureuil. Se déroulait en eux, j'en suis certain, une lointaine histoire d'écureuil.

Pendant la promenade, nous croisions d'autres vieux qui marchaient seuls et dignement. Ils semblaient glisser au ralenti sur le gravier. Leur indépendance, leurs bonnes jambes étaient pour moi un manque à gagner. Mais ils savaient, comme je le savais, qu'un jour ou l'autre, fatalement, ils auraient besoin que je leur tienne le bras. En fin d'après-midi, tous rentraient dîner. Borgman fermait sa maison et la porte de l'hospice. Il allait aider aux cuisines pour le service du soir, et moi je rentrais à la maison.

Maintenant je passais par la rue de Brescia tous les soirs. Je mettais une dizaine de minutes pour y arriver depuis l'hospice. Cela me donnait le temps de compter ma recette et de calculer combien il me manquait pour acheter le milan. Nous étions en été, les beaux jours me rapportaient de l'argent, mais j'étais encore loin d'en avoir assez. Di Gasso avait fixé le prix du milan et de la cage si haut qu'il fallait absolument que l'été s'étirât le plus longtemps possible, et que nous ayons un automne chaud et sec.

Je suis arrivé rue de Brescia, méditant sur l'automne et l'argent. Le soleil descendait vers les toits. La rue était pleine de gens qui rentraient chez eux. Assis dans son fauteuil, Di Gasso les regardait passer. Il ne m'a pas vu arriver. Je me suis avancé vers la cage et me suis accroupi. Le milan n'a pas bougé. J'avais envie de passer la main entre les barreaux et de le toucher. Mais j'en avais encore peur. Je me suis contenté de rester le plus près possible de lui. Ma jambe touchait la cage. L'oiseau frémissait. Il me semblait que c'était mon odeur, maintenant familière, qui le faisait frémir. J'ai regardé passer les gens, et on aurait pu croire que c'était moi qui vendais le milan.

Le soleil est descendu dans la perspective de la rue. Je me suis retrouvé dans l'ombre de la cage. Di Gasso s'est levé de son fauteuil et a allumé la radio. Alors seulement il m'a vu. Je crois qu'il ne s'attendait pas à me voir là, dans l'ombre du milan. Il a tourné le bouton de la radio et m'a demandé ce que je faisais. Je lui ai répondu que j'habituais le milan à ma présence. A ça non plus il ne s'attendait pas. Il n'a rien dit, il a remis la radio puis est retourné s'asseoir dans son fauteuil d'occasion.

Les gens ont continué à passer sur le trottoir. Très peu d'entre eux s'intéressaient au milan. Je faisais légèrement bouger ma jambe contre les barreaux.

Quand je suis arrivé à la maison, ma mère commençait à préparer le repas. J'ai posé l'argent sur la table et je suis allé voir mon père avant de manger. Il m'a demandé de lui raconter une nouvelle fois la capture du milan. Ce que j'ai fait sans rien omettre de la première version, sans rien ajouter non plus.

Par la suite, il m'a demandé si souvent de lui raconter cette capture qu'aujourd'hui j'ai parfois l'impression de l'avoir réellement entendue un soir devant la fontaine. C'est une impression curieuse, c'est comme si ce que j'ai raconté à mon père était l'ombre d'une véritable histoire, ou son reflet, enfin quelque chose qui ressemble à ça. Je songe à cela souvent. Et je ne suis même pas sûr aujourd'hui que mon père ait cru à cette histoire. Même si je m'en suis toujours tenu à la première version, en évitant soigneusement les détails géographiques, car je savais que mon père connaissait très bien la région des lacs. Il avait longtemps travaillé sur le chantier de la voie de chemin de fer, et ensuite y était retourné pour chasser et pêcher.

Ça n'a aucun rapport avec la capture du milan, mais un jour, pourquoi pas, je retournerai rue d'Asiago devant la fontaine. J'aimerais voir quelle sorte d'oiseau y est sculptée.

Borgman avait une sœur, et un jour, vers la fin de l'été, elle est venue le voir avec une portée de chatons dont elle voulait se débarrasser. J'étais là, surveillant les bancs par la fenêtre. Elle n'a pas fait attention à moi. J'ai entendu ce qu'elle lui a dit, et Borgman lui répondre que oui il acceptait de tuer les chatons. Mais quand elle est partie il a marché autour de la table, désemparé. Il savait que j'avais tout entendu et il m'a souri d'un air misérable. C'était l'heure de boire notre café, mais on n'y a pas pensé. Le doux Borgman s'est assis et a regardé la boîte en carton posée sur la table. Il a joint ses mains entre ses jambes, et il s'est balancé doucement sur sa chaise, d'avant en arrière. Cela a fait grincer sa chaise. Je me suis retourné vers la fenêtre et j'ai surveillé les bancs. Bientôt, on m'a demandé pour une promenade. Quand je suis revenu, Borgman était toujours assis devant la boîte. Il avait arrêté de se balancer. A sa façon de regarder la boîte, on aurait pu croire que les chatons étaient déjà morts. Ce n'était pas agréable de voir son regard. Je suis retourné m'installer devant la fenêtre et j'ai de nouveau surveillé les bancs autour du jardin rond. Soudain Borgman m'a demandé combien je voulais pour tuer les chatons. Je me suis tourné vers lui et lui ai dit que je n'avais jamais fait ça, et que de toute façon je n'accepterais pas d'argent de lui. Ce n'étaient que des chats, et cependant Borgman semblait brisé depuis que sa sœur avait laissé la boîte sur la table, en lutte avec quelque chose de secret et d'effrayant. Il m'a fixé, plein de désespoir. Je me suis détourné vers la fenêtre, j'ai attendu un peu et lui ai annoncé soudain que j'allais le faire. Il m'a dit :

– Alors je te paye.

Je n'ai pas protesté. Il m'a proposé une certaine somme d'argent. Je n'ai toujours rien dit. J'ai vite calculé que cela représentait plusieurs promenades dans le parc les jours où il faisait beau. J'ai quitté la fenêtre et me suis approché de la table. Borgman s'est levé et m'a demandé comment j'allais m'y prendre. Je le savais déjà parce que j'avais commencé à y réfléchir dès que sa sœur était partie. De sorte que j'ai dit tout de suite :

– Il faut les noyer.

Il a dit quelque chose que je n'ai pas entendu, puis il m'a demandé ce dont j'avais besoin. Je le lui ai dit. Il m'a désigné le débarras au fond de la pièce. Puis il a rangé sa chaise et il est sorti. Je suis allé voir dans le débarras, et j'ai trouvé le seau et un sac en tissu qui avait contenu des haricots en grains.

Ensuite je suis allé vite.

J'ai rempli le seau à moitié d'eau tiède, fait des trous dans le sac et mis les chatons dedans. Ils étaient tout rose et noir, tièdes comme l'eau, et ils poussaient des cris stridents. J'ai fait un nœud au sac, l'ai plongé dans le seau et je suis sorti rapidement. Je me suis retrouvé dehors devant la petite maison de Borgman. Heureusement il n'était pas là, il avait dû rentrer à l'hospice.

J'ai attendu plusieurs minutes en regardant le ciel. Je me sentais triste, et j'avais des pensées stridentes comme des cris de chatons.

Puis je suis rentré et me suis approché lentement du seau, lentement. Quand j'ai été tout près, j'ai vu le sac flotter à la surface de l'eau et j'ai entendu les chatons crier à l'intérieur. J'étais tellement frappé de stupeur que je n'arrivais pas à quitter le seau des yeux. Le sac bougeait à la surface de l'eau comme s'il était vivant. Brusquement je me suis rué dehors, ai avisé une pierre contre le mur de la maison.

J'ai ouvert le sac sans le regarder, ai mis la pierre dedans, l'ai refermé et replongé dans l'eau. J'ai attendu de voir si la pierre était suffisamment lourde pour faire couler le sac, elle l'était. Alors je suis retourné attendre dehors, adossé à la façade. J'ai posé une main sur chaque joue et j'ai regardé la rue. Elle est restée vide de longues minutes. Je ne sais pas pourquoi, mais le mur qui la longeait en face la rendait encore plus vide.

Une voiture a quitté l'hospice, s'est engagée à droite en passant devant moi, elle était grise et bleue. A l'arrière il y avait une vieille femme que je connaissais bien, nous avions déjà fait de nombreuses promenades ensemble. Tout le temps en compagnie de sa chienne, qui nous suivait sagement et qui était elle aussi très vieille, et qui avait un pelage brun foncé, et s'arrêtait aussitôt que nous nous arrêtions. La vieille femme ne lui parlait pas beaucoup, mais lui souriait souvent. C'était étrange de la voir ainsi lui sourire tandis que la chienne trottait à ses côtés. Je crois que cette femme avait beaucoup d'argent. Elle portait toujours de bons parfums et me payait bien, et sans doute devait-elle aussi payer un supplément à l'hospice pour sa chienne. Elle avait toujours un foulard en couleur dans une main, et quand elle me tenait le bras le foulard décorait ma manche, et quand il y avait du vent il flottait entre nous. Un jour, elle m'avait raconté une lointaine et très belle histoire d'écureuil alors que nous passions sous les arbres. Elle n'avait pas eu besoin de s'arrêter de marcher pour rassembler ses souvenirs, comme c'était le cas souvent avec les autres vieux, et curieusement sans non plus que nous ayons vu, ce jour-là, le moindre écureuil dans les branches. Peut-être m'avait-elle demandé cette promenade simplement pour me raconter cette histoire d'écureuil au moment où nous passerions sous les arbres.

La voiture grise et bleue a descendu la rue et a disparu à l'angle. Je suis rentré dans la maison de Borgman et me suis approché du seau. Le sac reposait au fond. Un peu de vapeur flottait au-dessus de la surface de l'eau parce que c'était de l'eau tiède.

Je ne suis pas passé voir le milan, je suis rentré directement à la maison. Je n'ai pas beaucoup mangé. Ma mère m'a demandé ce que j'avais et je lui ai répondu que j'avais rien. Elle m'a dit que mon père avait bien dormi l'après-midi. Puis elle m'a dit qu'il allait bien en ce moment. Je lui ai demandé si c'était vrai. Elle m'a répondu oui. On a parlé ensuite de choses et d'autres. Elle a débarrassé la table et j'ai compté l'argent que j'avais gagné. Il y avait des soirs comme ce soir où je me demandais si on continuerait à nous verser la pension de mon père le jour où il mourrait. J'ai fait le partage de l'argent et je suis allé le voir dans sa chambre.

Il a voulu savoir si j'étais passé voir le milan rue de Brescia. Je lui ai dit non et lui ai expliqué pourquoi. Il m'a demandé combien de chatons il y avait dans la portée. Je lui ai répondu que je ne savais pas, que je n'avais pas pensé à les compter, que peut-être ils étaient cinq ou six. Il m'a dit :

– Oui, bien sûr, pardon.

Il m'a demandé ensuite :

– Tu es malheureux maintenant ?

Je lui ai dit l'exacte vérité :

– Non, pas trop malheureux, c'est autre chose.

Il a semblé réfléchir à ma réponse. Je ne craignais pas un jugement de sa part. Jamais je n'ai craint cela de lui.

Tandis qu'il réfléchissait, j'ai passé la main au-dessus de l'abat-jour de sa lampe. Il m'a dit soudain sans quitter le plafond des yeux, là où l'ombre de ma main apparaissait, disparaissait, sans que cela ressemblât jamais à l'ombre d'une main, mais à des animaux ou des objets étranges, il m'a dit, donc, que lui aussi avait déjà fait certaines choses qui ne l'avaient pas rendu malheureux alors que normalement elles auraient dû. Mais qu'au lieu d'être malheureux il s'était senti aussi seul qu'on peut l'être. J'ai continué à bouger ma main au-dessus de la lampe en méditant sur sa réponse. Il y avait également des soirs comme ce soir où je me demandais qui d'autre que lui saurait jamais qui j'étais.

Ensuite il m'a parlé d'un de ses rêves. Celui de la nuit passée. Il avait entendu un chien aboyer dans la rue. Il l'avait réellement entendu aboyer. Mais comme il dormait à moitié l'aboiement avait pris soudain la forme d'une matière longue et concrète. Et, dans son rêve, il s'était demandé quelle longueur de bois il pouvait découper dans cette matière. Il a dit avec étonnement :

– Tu imagines, se demander quelle longueur de bois on peut découper dans un aboiement de chien ?

J'ai dit non, que je n'arrivais pas à imaginer une chose pareille. Je me suis souvenu qu'à l'époque où il travaillait à la compagnie de chemin de fer il avait posé beaucoup de traverses de bois. Je crois que ça explique une partie de son rêve.

On n'a pas parlé des chatons avec Borgman, le lendemain. Il m'a payé et s'est occupé de les enterrer dans la bande de terre entre sa maison et la rue qui passait devant l'hospice. L'endroit est resté quelques jours comme ça, fraîchement retourné, comme un jardin miniature au milieu de la mauvaise herbe. Puis une pluie d'automne l'a mouillé. Ensuite le soleil a séché la terre et on n'a plus rien vu. Enfin on a bientôt vu de la mauvaise herbe, exactement de la même espèce que celle qui recouvrait toute la bande de terre entre la maison et la route.

Pendant ces premières semaines de l'automne, Borgman et moi avons beaucoup plus parlé que d'habitude tandis que nous buvions le café. Car c'était l'heure sombre de l'après-midi où les choses s'étaient passées. De parler ainsi aurait dû nous permettre de moins penser aux chatons. C'est en tout cas ce que nous espérions. En réalité, nous y pensions beaucoup. Ils semblaient entrer dans la maison de Borgman toujours à cette même heure, et flottaient entre nous, comme des petits fantômes noir et rose. Soudain nous nous taisions, conscients tous les deux en même temps que ça ne servait à rien d'essayer de ne plus penser aux chatons. Alors tout redevenait comme avant, nous demeurions silencieux tandis que je surveillais par la fenêtre les vieux assis sur les bancs.

Plus loin, au-delà des bancs, du jardin et de l'allée, je voyais les arbres changer de couleur, et quelques vieux alertes passer en dessous, vêtus de manteaux noirs et de chapeaux noirs. Au-dessus des arbres, le ciel était couvert.

A présent j'avais moitié moins de travail qu'en plein

été. Certains jours je n'en avais pas du tout. Le ciel était si gris que les vieux restaient à l'hospice et jouaient aux cartes ou aux dominos dans la salle à manger. Je rentrais plus tôt, juste après avoir bu le café en compagnie des petits fantômes. J'allais rue de Brescia et tenais compagnie à mon milan jusqu'à ce que Di Gasso décide de remballer ses marchandises sous le porche de la cour intérieure. J'avais obtenu de pouvoir y porter la cage. Elle était lourde, et j'essayais de la tenir bien droite. Mais elle balançait toujours parce que le milan bougeait ses ailes pour trouver son équilibre. Je restais là sous le porche jusqu'à ce que Di Gasso ait tout amené. Je me levais et il refermait la grille du porche derrière nous.

L'automne n'a pas été sec cette année-là. Il a plu si souvent que j'avais presque chaque jour l'impression de rendre visite à Borgman plutôt que d'aller travailler. J'étais content de voir Borgman, bien sûr, mais j'aurais préféré travailler davantage. Ce que je redoutais le plus, c'était l'hiver et l'arrivée de la neige. C'était ce qu'il y avait de plus effrayant pour les vieux, ils la craignaient beaucoup. Je me souvenais que l'hiver précédent ils refusaient de marcher sur la neige même quand je leur tenais le bras.

Je guettais les éclaircies par la fenêtre. Les vieux aussi sans doute les guettaient, depuis leur chambre ou la salle à manger. Le problème est que ça leur suffisait à eux d'en voir une, d'éclaircie, pour être contents, parce qu'il était rare qu'ils descendent dans le parc entre deux averses. Ils descendaient seulement quand tout un après-midi s'annonçait comme une grande éclaircie. Il n'y en a pas eu beaucoup cet automne.

Rue de Brescia, Di Gasso étendait des bâches sur ses marchandises d'occasion et sur la cage lorsqu'il pleuvait, et il les retirait sitôt que ça s'arrêtait. Il passait son temps à ça, étendre et replier les bâches, et ça le mettait de mauvaise humeur. Il disait des choses désagréables à propos des gens qui passaient. Il tolérait ma présence parce que j'étais silencieux, et la plupart du temps assis à côté de la cage, hors de son regard. Il n'écoutait plus la radio parce que c'était dangereux, la pluie sur la rallonge électrique. Je tenais compagnie au milan et j'entendais ce que Di Gasso disait sur les gens. Je trouvais qu'il avait tort de dire ces choses. Ces gens étaient des clients potentiels, comme l'étaient pour moi les vieux de l'hospice. Moi je n'aurais jamais dit tout haut du mal des vieux qui me faisaient travailler.

Cet automne, ç'a été aussi tous les bruits d'eau que l'on a entendus depuis la chambre de mon père. Nous habitions au dernier étage, pratiquement sous le toit, et la pluie crépitait et descendait dans les chenaux et les écoulements. Nous l'écoutions en silence, chacun avec nos pensées.

Un soir, mon père a voulu savoir si j'avais réuni l'argent du milan, et ensuite si je savais déjà comment j'allais le nourrir. Les bruits d'eau ont illustré à merveille ma réponse à propos de l'argent, parce que c'était justement toute cette pluie qui m'empêchait de réunir la somme que Di Gasso demandait. Quant à la nourriture, j'avais prévu de continuer à travailler à l'hospice afin d'acheter chaque jour un peu de viande.

Il a cessé soudain de pleuvoir et je lui ai demandé s'il voulait que je lui raconte la capture. Il m'a dit qu'il aurait bien aimé mais qu'il était fatigué et qu'il craignait de s'endormir avant la fin. Je lui ai dit que c'était déjà arrivé, qu'il s'était déjà endormi une fois avant la fin, et que ça ne m'avait pas empêché de la lui raconter jusqu'à la fin. Il m'a dit :

– Alors n'oublie pas un détail.

– J'oublie jamais un détail.

– Même si je dors.

– Même si tu dors j'oublie jamais un détail.

– Commence !

Il ne s'est pas endormi, il a écouté le récit de la capture jusqu'au bout, dans l'obscurité qui est arrivée tandis que la pluie recommençait. Il m'a dit, à la fin de l'histoire, que je n'avais pas oublié un seul détail. C'est qu'il la connaissait par cœur à présent.

J'ai allumé la lampe et mon père a fermé les yeux parce que l'ampoule était trop forte pour lui. A ce moment-là on a entendu ma mère sortir de l'appartement. Puis la porte se refermer derrière elle. Et un instant après on a entendu le cliquetis de la minuterie dans la cage d'escalier. C'était une très longue minute qui s'écoulait. Comme chaque fois que nous l'entendions, je suis resté silencieux, et je n'ai pas osé regarder mon père. De sorte que je n'ai jamais su ce que lui regardait pendant cette minute-là.

La pluie, qui avait recommencé avec la nuit, a redoublé soudain. Elle crépitait tellement sur la couverture du toit qu'on n'entendait plus l'eau descendre dans les écoulements. Rien qu'un crépitement ininterrompu. Je me suis levé du fauteuil, suis allé vers la fenêtre et j'ai dit quelque chose d'une voix normale. Ensuite je suis revenu vers le lit et j'ai demandé à mon père s'il avait entendu ce que j'avais dit. Rien, il n'avait rien entendu du tout à cause de la pluie. Je suis reparti vers la fenêtre et j'ai parlé un peu plus fort, et cette fois il a entendu un peu, mais pratiquement aucun mot distinctement. Je suis revenu m'asseoir dans le fauteuil à côté du lit et j'ai fait passer ma main au-dessus de la lampe. On a regardé les ombres au plafond. Il y en a eu de toutes les formes.

Et il a plu toute la nuit.

Dans la dernière semaine de l'automne, j'ai noyé une seconde portée de chatons. Car la sœur de Borgman avait dit autour d'elle qu'elle connaissait quelqu'un qui acceptait de faire ce genre de choses. Tout le monde a toujours pensé qu'il s'agissait de son frère. Cela m'a rapporté la même somme d'argent que la première fois. Argent que les gens qui voulaient se débarrasser des chatons ont donné à Borgman, et qui me l'a reversé, et que j'ai gardé entièrement pour l'achat du milan. Car je m'étais dit, tandis que le sac coulait dans l'eau tiède, que ce travail-là n'avait rien à voir avec mon travail habituel à l'hospice.

Ensuite je suis allé attendre dehors et j'ai regardé le ciel, et c'était la fin de l'après-midi, le soir presque. Il y avait des couleurs rouges et orange, délicates comme tout.

J'ai regardé encore un peu le ciel et je suis rentré dans la maison. L'eau fumait à la surface du seau. La vapeur empêchait de voir le sac distinctement au fond. J'avais compté les chatons cette fois, mais malgré moi, justement parce que je m'étais dit, en les sortant de leur carton, qu'il ne fallait pas que je les compte.

Heureusement, c'est encore Borgman qui les a enterrés le lendemain, à côté de la première portée. Sur la bande de terre entre la maison et la route, les mauvaises herbes n'étaient plus de la même espèce que celles de l'été. Elles étaient plus vertes et moins hautes. Mais cela est revenu au même, la nouvelle espèce a vite recouvert la terre retournée.

Ç'a été la seconde et dernière tombe de chatons que Borgman a creusée parce qu'il a dit à sa sœur que c'était fini, il ne faisait plus ça. Je n'ai jamais su si c'était parce qu'il souffrait en les enterrant ou parce qu'il pensait que je souffrais en les noyant.

J'ai arrêté de regarder le seau et je suis allé voir par la fenêtre. Je n'ai vu personne assis autour du jardin rond. Je n'avais fait qu'une promenade aujourd'hui. Et ce qu'elle m'avait rapporté, c'était une grosse pièce qui n'avait plus cours. Au moment de m'en aller, j'ai vu la vieille femme aux foulards en couleur sortir de l'hospice et s'approcher des bancs, sa chienne trottant derrière elle. Elles ont fait un tour complet du jardin, marchant doucement et délicatement dans le sens des aiguilles d'une horloge géante.

Elles ont bouclé le tour et en ont entamé un nouveau, aussi doucement et délicatement.

Mais à mi-chemin est apparu un autre vieux, arrivant dans l'autre sens. Il s'est approché et s'est adressé à la vieille femme. Alors tous les deux se sont arrêtés de marcher. La chienne ne s'en est pas aperçue tout de suite et a continué pendant un moment de se promener toute seule. Quand elle s'en est aperçue, elle a fait demi-tour, elle est allée s'asseoir entre sa maîtresse et l'autre vieux. Ils semblaient tellement intéressés par ce qu'ils se disaient que je n'avais aucune chance que l'un ou l'autre m'appelât maintenant pour une promenade. Un instant ils se sont arrêtés de parler et ont regardé le ciel. Peut-être avaient-ils l'intention d'aller se promener ensemble sous les grands arbres. Puis ils ont recommencé à parler.

J'ai quitté la fenêtre, suis passé devant le seau, et suis sorti de la maison de Borgman.

En arrivant à l'entrée de la rue de Brescia, j'ai tout de suite aperçu la moitié de tonneau en fer qui fumait et rougeoyait sur le trottoir. Di Gasso l'avait installée devant lui, devant son fauteuil, si près qu'il devait écarter les jambes pour ne pas se brûler. A côté du fauteuil il y avait une pile de bois de récupération. Di Gasso n'avait qu'un geste à faire pour alimenter le feu. Ce qu'il a fait quand je suis arrivé près de la cage. Le bois s'est enflammé et des braises se sont envolées. Di Gasso s'est enfoncé dans son fauteuil et s'est mis à regarder passer les gens comme en été. Il semblait ravi de cette petite saison personnelle. Je sentais bien que, ce soir, il n'allait pas dire du mal des gens. Tandis que je m'accroupissais à côté du milan il s'est mis à tomber quelques gouttes. Mais ça n'a pas duré longtemps. Le milan a tenté de déployer ses ailes. Elles se sont heurtées à la cage, sont restées un moment ainsi, puis se sont repliées tout doucement.

Un soir, il y a eu une tempête, enfin c'est l'impression que nous avons eue dans la chambre quand nous avons entendu le vent et la pluie. Ou, plutôt qu'une impression, je crois que nous avons eu envie de nous dire que c'était une tempête. Au bout d'un moment, mon père m'a demandé de me lever du fauteuil et d'aller devant la fenêtre. Ce que j'ai fait, alors il m'a demandé de lui raconter la capture du milan. J'ai commencé, mais il m'a tout de suite dit :

– J'entends rien !

J'ai repris depuis le début, je criais presque pour couvrir le bruit de la tempête. J'ai raconté un peu, j'ai dit quelques phrases, et je me suis soudain arrêté et j'ai demandé :

– Et là ?

– Là c'est bien.

J'ai dit :

– Alors je recommence depuis le début et je m'arrête plus.

– Attends !

Il a tendu le bras et a éteint sa lampe. A cet instant j'ai recommencé depuis le début et je ne me suis plus arrêté. Pas même quand je me suis fait glisser le long de la fenêtre et me suis retrouvé assis sur les talons. J'étais bien comme ça pour raconter.

Ç'a été l'une des plus formidables captures que je lui ai racontées. Ma voix faisait vibrer l'air de la chambre. Les efforts de l'homme pour capturer le milan étaient rendus dramatiques par la force de ma voix. C'était pareil pour les efforts que le milan déployait pour échapper à l'homme. Et avec tout ce qu'on entendait du dehors, la pluie et le vent, on aurait dit que la capture se déroulait vraiment au milieu de la tempête. Je me souviens très bien que les trous d'eau étaient des gouffres, les lacs étaient en crue, toute chose était quelque chose de plus grand. Mais ce dont je me souviens le mieux, parce que ça a marqué mon père, c'est que l'ombre de l'homme était une nuit noire. Ça m'avait traversé l'esprit comme ça. Elle n'avait pas beaucoup de sens, cette phrase, peut-être même pas du tout, mais je la trouvais magnifique.

La capture a continué. L'homme et le milan luttaient l'un contre l'autre, mais en même temps et avec les mêmes difficultés, ils luttaient presque ensemble contre les éléments. C'était très beau, ce point commun, il changeait beaucoup l'histoire de la capture, il est devenu à la fin le centre de l'histoire. D'une certaine façon, l'issue n'avait plus guère d'importance, même si j'ai été obligé de terminer comme d'habitude, par la victoire de l'homme.

Je suis retourné vers le lit dans la demi-obscurité. Mais elle n'était pas inquiétante, cette obscurité-là. Mon père souriait, ça m'a fait du bien d'apercevoir ses dents bien vivantes. Il a fait avec la tête un geste admiratif, il avait aimé comme je lui avais raconté l'histoire. Et on aurait dit qu'il me disait qu'il était content pour moi que l'homme ait capturé le milan, mais que ça lui aurait plu tout autant qu'il l'ait raté, parce que le milan s'était si bien battu qu'il aurait mérité de continuer de voler au-dessus des lacs.

Quand je me suis assis dans le fauteuil, il m'a dit :

– Tu as dit quelque chose que j'ai beaucoup aimé, mais je m'en souviens déjà plus.

– Je sais ce que c'est, je suis presque sûr, c'est l'ombre de l'homme qui était une nuit noire.

– Oui, voilà, je m'en souviens maintenant. J'ai beaucoup aimé ça.

– Moi aussi.

– C'était très beau.

– Merci. Je savais aussi que c'était beau quand je l'ai dit.

– Tout le reste était bien aussi, je crois pas que j'aurais pu m'endormir cette fois.

– Mais ça me gêne pas quand tu t'endors.

Notre idée de tempête commençait à diminuer dehors. Il pleuvait encore mais le vent était tombé. J'ai demandé :

– Tu veux que je rallume la lampe ?

– Oui, mais demain je voudrais que tu achètes une ampoule moins forte.

Il a fermé les yeux et j'ai rallumé la lampe.

Le lendemain, j'ai bien travaillé à l'hospice parce que le ciel était dégagé. Sous les arbres, il y avait de grandes flaques d'eau bleue où les branches des arbres se reflétaient. Avec l'un des vieux qui tenaient mon bras, on s'est regardés dans l'une de ces flaques.

C'est lui qui en avait eu l'idée.

Il a tendu sa main libre devant lui et s'est fait signe dans le miroir. Je l'ai imité, j'ai bougé ma main comme lui et ça lui a fait plaisir. Ensuite on s'est accroupis pour se faire signe d'encore plus près. Puis on s'est fait des grimaces et les siennes étaient terribles. Je lui ai dit qu'il avait gagné.

Il m'a si bien payé cette promenade que ça m'a gêné. Il a cherché fébrilement un billet dans son portefeuille, et quand j'ai vu quel billet c'était j'ai eu envie de lui dire que c'était trop, puisque ça m'avait beaucoup plu à moi aussi de jouer avec cette flaque d'eau.

Après celle-ci, j'ai fait encore d'autres promenades, mais moins intéressantes.

Avant de passer rue de Brescia, je suis allé acheter

une ampoule en verre dépoli. Elle ressemblait à une poire de quarante watts. Je l'ai mise dans ma poche.

Quand je suis arrivé sur le trottoir de Di Gasso, il était en train de vendre la table où il posait son poste de radio. La femme qui la lui achetait avait les cheveux rouges à cause du soleil rasant. Quand elle est partie, Di Gasso n'a pas cessé de la regarder s'éloigner. Ensuite il a recompté l'argent, l'a rangé dans sa poche et s'est réinstallé dans son fauteuil.

Je suis allé m'accroupir à côté du milan.

Le soleil a disparu.

Il a continué à faire jour, mais il a fait très froid soudain. En bougeant pour me réchauffer, j'ai senti l'ampoule contre moi et j'ai décidé de rentrer avant qu'il fasse nuit.

Mon père dormait quand je suis arrivé à la maison. J'ai changé l'ampoule sans faire de bruit et presque dans le noir. Ensuite je me suis assis dans le fauteuil et j'ai attendu qu'il se réveille en faisant tourner l'ancienne ampoule dans mes mains. Quand il s'est réveillé, j'ai allumé la lampe sans rien dire. Il a balayé la chambre du regard en clignant des yeux et il a dit :

– Tu as changé l'ampoule. Oui, c'est bien mieux comme ça.

Il a encore regardé la chambre, dans tous les coins, hochant la tête avec satisfaction, et on aurait dit alors qu'il essayait un nouveau costume.

Je lui ai dit qu'il faisait très froid dehors, et que j'avais peur pour le milan. De sorte que nous avons eu une longue discussion à propos du froid et du milan. Lui, il pensait qu'il tiendrait encore longtemps comme ça. Je savais bien qu'il essayait de me rassurer. Je lui ai demandé s'il faisait froid dans la région des lacs. Oui il faisait froid, m'a-t-il expliqué, bien plus froid que rue de Brescia, la température descendait si bas que l'eau restait gelée jusqu'au mois de mars. Je lui ai fait remarquer que le milan pouvait toujours battre ses ailes quand il vivait là-bas, et qu'à présent il ne le pouvait plus. A ça il n'a pas su quoi me répondre.

On s'est arrêtés de parler du froid quand on a entendu la minuterie se mettre en marche après que ma mère eut refermé la porte derrière elle.

On a gardé le silence, et quand on a recommencé à parler on a dit du mal de Di Gasso, on a dit du mal de presque tous les gens que nous connaissions. C'est quelque chose que nous aimions beaucoup faire, même si nous connaissions peu de gens. Ensuite il a eu soif et je suis allé lui chercher un verre d'eau dans la cuisine. Il l'a bu en deux fois et il m'a dit que maintenant il voulait dormir. J'ai éteint sa lampe et je suis allé me coucher.

Je dormais dans la cuisine depuis que mon père était malade. Ma mère s'était installée dans ma chambre. Je dormais sur un lit pliant que j'avais mis sous la fenêtre.

J'avais les yeux ouverts et il faisait complètement noir quand j'ai entendu la minuterie se mettre en marche. Quand ma mère a ouvert la porte, j'ai fermé les yeux. Elle est entrée dans la cuisine et s'est dirigée vers moi sans se cogner aux chaises. Elle m'a demandé si je dormais et je n'ai rien répondu. Je suis resté immobile dans le noir tandis qu'elle tirait une chaise de la table. Elle est restée ainsi plusieurs minutes, simplement assise devant mon lit. J'ai entendu ses mains se frotter entre elles. Après je les ai entendues lisser sa robe. Puis il m'a semblé qu'elle ôtait son chapeau et le posait sur ses genoux. Puis plus rien pendant presque une minute. Et soudain elle m'a dit qu'elle pensait que je ne dormais pas. Ensuite elle a sangloté très doucement, et moi aussi, mais encore plus doucement qu'elle. Je sais faire ça tout à fait silencieusement. Et lorsqu'elle a commencé à dire ces choses à propos d'elle et de moi, et dont je n'ai pas envie de me souvenir, j'ai déroulé devant mes yeux ce long et majestueux vol plané de mon milan.

Quand elle s'est arrêtée de me parler, mon milan volait toujours. Il a encore plané longtemps devant mes yeux après qu'elle est allée se coucher. Il planait en regardant son reflet sur la surface du lac parce que l'eau était calme comme un miroir posé dans l'herbe.

Voilà comment a fini cet automne, car le lendemain il a neigé. Pas beaucoup, mais il a neigé.

Aussi loin que je me souvienne, j'avais toujours aimé la neige. Mais comme à présent je dépendais des vieux de l'hospice et de leur peur de glisser, elle ne m'inspirait plus à moi aussi que de la crainte. Ce que je gagnais allait tellement diminuer, à se réduire à presque rien, que j'ai songé à trouver autre chose. Je veux dire un autre travail. J'en ai parlé à Borgman, tandis que nous buvions le café et que dehors la première neige fondait. Il a eu l'air de ne pas comprendre, il a regardé sa tasse avec tristesse, et moi j'ai eu honte de lui avoir dit ça. J'ai bu mon café en ayant l'impression pénible de le lui voler.

Le lendemain j'en ai acheté un paquet, c'était du café réputé et très cher.

Quand je lui ai donné, il m'a souri, il avait l'air incroyablement timide soudain. J'ai toujours éprouvé beaucoup de gêne quand ma présence intimide quelqu'un de plus âgé que moi. J'ai détourné les yeux et j'ai regardé par la fenêtre les allées du parc qui commençaient seulement à sécher.

Je n'ai pas fait une seule promenade cet après-midi-là, mais nous avons bu le nouveau café, qui était délicieux. Nous en avons bu deux tasses chacun, et c'est curieux, mais je ne me rappelle pas que les petits fantômes rose et noir soient entrés dans la maison cet après-midi-là.

Ce premier jour où il a neigé, j'ai commencé à haïr Di Gasso. Car l'argent que je possédais au début de cet hiver ne représentait que les deux tiers du prix du milan. Et il était évident maintenant que Di Gasso aurait préféré voir crever le milan de froid plutôt que de baisser son prix. Il se chauffait les mains au-dessus de son tonneau. Son tas de bois à côté de lui paraissait inépuisable. Il avait rebranché la radio. Sans doute que la neige était moins dangereuse que la pluie sur le fil électrique. La chaleur du feu et les chansons à la radio avaient l'air de parfaitement le combler. Vendre ou non le milan semblait n'avoir aucune importance à ses yeux.

J'étais là, accroupi à côté de la cage, les pieds dans la mince couche de la première neige, et je haïssais Di Gasso. La fumée de son feu montait toute droite, et je haïssais ce feu.

Le milan bougeait lentement la tête et faisait rouler ses yeux. Je me suis relevé et je suis parti sans regarder Di Gasso. J'ai remonté la rue de Brescia en regrettant soudain d'avoir acheté une boîte de café si cher.

Mais quand je suis arrivé dans notre rue j'ai été ému en songeant à Borgman, qui avait dégusté le café avec tant de plaisir. Alors j'ai regretté d'avoir eu cette pensée au sujet du prix de la boîte.

Dans la cage d'escalier il y avait une flaque d'eau sur chaque palier, et des traces humides sur chaque marche. Ces traces diminuaient à mesure qu'on s'approchait d'un nouveau palier. A notre étage, le dernier, c'était complètement sec, avant bien sûr que je ne pose le pied dessus.

Dans sa chambre, mon père m'attendait pour me questionner à propos de la première neige. Je lui ai dit combien il en était tombé et quelle consistance elle avait. Il a écouté avec intérêt. Il ressemblait à quelqu'un qui n'a jamais vu la neige.

Elle a fondu, et pendant deux semaines le temps est resté sec et froid. J'ai pu gagner encore un peu d'argent à l'hospice. Mais ensuite il a de nouveau neigé, trois jours d'affilée. Je suis resté à la maison les deux premiers jours. Le matin du troisième, je suis sorti et suis allé rue de Brescia. L'emplacement de Di Gasso sur le trottoir était vide et recouvert de neige. J'ai essayé d'apercevoir le milan sous le porche de la cour. Mais Di Gasso avait cadenassé la porte et tendu une bâche devant. De sorte qu'on ne voyait rien.

Quand j'ai voulu m'en aller, j'ai eu cette vision du milan, raide et immobile derrière la bâche, comme un milan empaillé. Je suis resté là sans savoir quoi faire, puis je suis parti en direction de l'hospice.

Borgman était assis sur un banc, une pelle à neige entre les genoux. Il avait déjà dégagé la moitié de l'allée autour du jardin. Il m'a souri à travers les flocons qui tombaient drus. Il a essuyé le banc et je me suis assis à côté de lui. On est restés silencieux, assis comme ça, juste à regarder tomber la neige devant nous. De temps en temps il tournait le manche de la pelle entre ses mains, ou alors il regardait le ciel.

Moi aussi j'ai essayé plusieurs fois de regarder le ciel, mais tout de suite les flocons me tombaient dans les yeux.

Il m'a demandé si je voulais boire du café et je lui ai répondu que je venais d'en boire à la maison. Il a tendu la main en avant, la paume vers le haut, et quand elle a été toute blanche il m'a dit qu'il aimait bien la neige. Je lui ai répondu que moi aussi, avant de faire ce travail à l'hospice, je l'aimais bien, mais qu'à présent c'était différent à cause des vieux, qui eux la craignaient tellement. Il a dit qu'il me comprenait.

On est de nouveau restés silencieux. Puis il a eu l'air de vouloir se lever, mais il s'est ravisé. C'est à ce moment-là qu'il m'a dit que la vieille femme qui portait ces foulards en couleur était morte, et j'ai été triste. Beaucoup plus que pour les autres vieux dont il m'annonçait la mort d'habitude. J'ai compris que c'était à cause de cette très belle histoire d'écureuil qu'elle m'avait racontée que j'étais plus triste que d'habitude. Comme si, et c'est étrange, j'avais de la peine pour cette histoire. C'était si étrange que, lorsque je suis parti, je n'ai pensé qu'à ça jusqu'à la maison. J'ai eu envie d'en parler avec mon père, mais finalement je ne l'ai pas fait.

Le lendemain il s'est arrêté de neiger et le ciel s'est dégagé. Je suis vite allé à l'hospice en espérant pouvoir travailler un peu.

Tandis que nous buvions le café, j'ai vu par la fenêtre la chienne de la vieille femme que d'autres vieux s'amusaient à appeler. Ils étaient assis autour du jardin et la faisaient aller d'un banc à l'autre. La chienne trottait vers eux entre les tas de neige que Borgman avait fabriqués un peu partout.

La voiture grise et bleue était garée devant la porte de l'hospice, derrière le corbillard. Et les vieux, plutôt que de contempler le corbillard avec horreur, jouaient avec la chienne. Je savais qu'on descendrait bientôt le cercueil et je n'ai pas eu envie d'y assister. Sans doute parce que je me sentais encore triste pour cette histoire d'écureuil. J'y avais beaucoup réfléchi depuis la veille, et aujourd'hui encore je trouvais cela très étrange. J'ai dit à Borgman que je devais rentrer plus tôt, et je suis parti.

Les chasse-neige avaient envoyé d'énormes tas de neige sur les trottoirs. Rue de Brescia, Di Gasso contemplait le sien, de trottoir, avec stupeur. Il portait un cache-nez ridicule, à carreaux verts et rouges. Il se tenait sur la route, et de la pointe de sa chaussure il donnait des coups dans la neige, qui avait durci pendant la nuit. Il m'a regardé avec stupeur moi aussi, puis il a contemplé de nouveau son trottoir. Je lui ai demandé si je pouvais voir le milan.

– Quoi ? a-t-il dit sans quitter la neige des yeux.

– Est-ce que je peux voir le milan ?

Il s'est tourné vers moi, et son regard n'exprimait rien, ou plutôt il passait à travers moi, comme si tout simplement je n'étais pas là devant lui. Soudain j'ai vu crever le milan aussi clairement que je voyais Di Gasso devant moi, le regard vide, et qui brusquement a escaladé le tas de neige, l'a dévalé, puis est entré dans son immeuble.

Le soir, mon père a voulu que je lui raconte la capture du milan. Je lui ai dit que j'en avais assez de raconter ça. Il m'a demandé gentiment si je désirais toujours l'acheter. Je lui ai dit que bien sûr je le désirais encore, mais que je pensais qu'il allait crever avant que j'aie assez d'argent. Il m'a dit que non, qu'il était sûr que les choses allaient s'arranger. J'aurais bien voulu le croire. Mais je savais qu'il émettait là simplement de la compassion, pour moi et mon désir de posséder le milan.

– Tu sais quel froid il fait dehors ? lui ai-je demandé brusquement, et avec rancœur, comme si c'était à Di Gasso que je m'adressais.

– Non je sais pas, m'a-t-il répondu calmement.

J'ai dit plus doucement :

– Il fait froid.

Le lendemain il a fait encore plus froid. La température est tombée en dessous de zéro le matin. Mais, heureusement, l'après-midi elle est remontée un peu.

Le parc de l'hospice était vide quand je suis arrivé chez Borgman. La chienne de la vieille femme qui était morte était couchée sous la table. Elle avait posé sa tête sur ses pattes de devant et avait l'air de se reposer.

Borgman ne m'a rien dit de particulier quand je suis entré. Il a tout de suite fait du café et j'ai trouvé que c'était bien tôt dans l'après-midi pour en boire. Je me suis installé devant la fenêtre et j'ai surveillé le parc sans beaucoup d'espoir de voir des vieux y descendre et avoir envie d'aller se promener sous les arbres.

Quand la chienne s'est levée pour aller se recoucher devant la porte de la chambre, j'ai demandé à Borgman s'il avait l'intention de la garder. Il avait la cafetière dans la main, prêt à se resservir, et il a dit :

– Seigneur mon Dieu !

– Quoi, monsieur, qu'est-ce que vous dites ?

Il a reposé la cafetière dans l'évier et s'est assis à table. Il a dit tout à coup qu'il ne comprenait pas ce qu'il s'était passé. Mais voilà, c'est tout ce qu'il a dit. Il a croisé ses mains et les a contemplées. J'ai attendu qu'il reprenne et finalement je lui ai demandé de quoi il parlait. Il m'a regardé et il m'a dit qu'il aimerait que je vienne m'asseoir aussi. J'ai quitté la fenêtre et suis allé m'asseoir en face de lui. Une expression de complète stupeur est passée dans ses yeux. Qu'il a fermés et rouverts tandis que je m'adossais à ma chaise.

Son regard, maintenant, fixait le dessus de la table. On aurait dit qu'il attendait qu'elle se soulève, ou fasse quoi que ce soit d'autre d'extraordinaire pour une table.

Au bout d'un moment, j'en ai eu assez d'attendre. Mais surtout j'ai commencé à avoir peur de ce qu'il allait m'annoncer. Je lui ai demandé de quoi il voulait me parler. Il a levé son regard de la table et a fixé la fenêtre derrière moi. De nouveau j'ai attendu qu'il se mette à parler, et ma peur a grandi.

Quand il a enfin commencé à me parler, ma peur m'a coupé le souffle un instant, puis elle a pratiquement disparu.

Ce qu'il m'a dit tout d'abord, c'est que les vieux de l'hospice savaient qu'on avait noyé deux portées de chatons ici, et que quelqu'un avait été payé pour ça. Je lui ai dit que je ne comprenais pas comment ils avaient pu l'apprendre. Lui non plus il ne le comprenait pas.

Je me suis levé pour aller regarder par la fenêtre, voir si personne n'avait besoin d'une promenade. En fait, je commençais à me sentir mal à l'aise. Je ne voulais plus revenir m'asseoir à table. Je suis resté près de la fenêtre tandis que Borgman m'expliquait que les vieux avaient raconté toute cette histoire aux enfants de la vieille femme qui était morte.

La voiture grise et bleue garée derrière le corbillard est passée très vite devant mes yeux, comme le souvenir d'une photographie.

C'est alors que Borgman m'a expliqué, d'une voix tragique, que les enfants de la vieille femme étaient venus le voir, tenant la chienne en laisse. Lui avaient dit qu'ils savaient qu'il rendait un genre de service un peu particulier, et que ça les intéressait, vu qu'ils ne pouvaient pas s'occuper de la chienne, qu'elle était très vieille, et probablement très malheureuse à présent.

Tandis qu'il me parlait, d'une voix qui vacillait maintenant, j'ai contemplé la chienne couchée à l'entrée de la chambre. C'est vrai qu'elle était très vieille elle aussi. Mais je n'étais pas sûr qu'elle fût si malheureuse que ça. En tout cas, personne n'aurait pu formellement assurer qu'elle l'était.

Quand Borgman s'est tu, je lui ai demandé :

– Qu'est-ce que vous leur avez dit ?

– Que j'avais arrêté de faire ce genre de choses.

J'ai demandé :

– Et eux qu'est-ce qu'ils ont dit ?

– Qu'ils reviendraient après l'enterrement et qu'ils espéraient que j'aurais changé d'avis.

J'ai dit :

– Monsieur, je peux pas tuer cette chienne.

Il a soufflé que personne n'avait dit ça.

Quand je suis parti de chez Borgman, je ne savais pas où aller, à la maison ou rue de Brescia. La nuit était tombée et j'ai quitté la rue de l'hospice.

Un moment j'ai eu envie d'aller à la fontaine de la rue d'Asiago pour voir quel genre d'oiseau était sculpté. Je n'y suis pas allé, parce que, dans le fond, je n'en avais pas vraiment envie. Je n'avais trouvé que ça pour m'éviter de penser à la somme d'argent que les enfants de la vieille femme avaient proposée à Borgman.

Il faisait froid et j'ai marché pour me réchauffer. Avec cet argent, j'avais le milan. Je pouvais même envisager l'achat d'une nouvelle cage. Elle s'est mise à danser devant mes yeux. Elle était assez large pour que le milan déploie ses ailes, et aménagée d'une grosse branche de bois et d'un abreuvoir.

J'ai tourné plusieurs fois dans des rues que je ne connaissais pas. J'ai marché longtemps sans voir autre chose qu'une cage aux barreaux si fins et si bien peints de blanc qu'elle donnait envie de s'endormir à l'intérieur.

Je me suis arrêté. Il faisait sombre et j'avais un peu moins froid. Je me suis baissé pour remettre mes pantalons dans mes bottes. Je ne savais pas dans quel quartier j'étais.

Je me suis redressé, et soudain mon envie de posséder le milan est devenue si violente que ma poitrine s'est serrée. Je me suis adossé à une porte et j'ai respiré lentement en regardant le ciel pour essayer de voir des étoiles. Ma poitrine s'est desserrée peu à peu. J'ai entendu quelqu'un crier au-dessus de moi dans l'immeuble, et je suis reparti. J'ai tourné dans la première rue. J'ai aperçu au loin une enseigne au néon que je connaissais. Quand je suis arrivé en dessous, j'étais en nage. L'enseigne clignotait au-dessus de moi. Mes mains devenaient vertes, puis blanches, puis vertes.

Et mon Dieu cette chienne est si vieille et fatiguée, et le milan si plein de vie.

Blanches, puis vertes, puis blanches.

Très peu de force, quelques promenades sous les grands arbres, l'équivalent d'une longue promenade dans la neige.

Blanches, vertes.

Si plein de vie.

Je suis reparti.

La fenêtre de Borgman était éclairée. Il avait fini son service à l'hospice. J'ai frappé à la porte. Il est venu m'ouvrir et m'a regardé avec étonnement. C'était la première fois que nous nous voyions si tard le soir. Je lui ai dit que je viendrais chercher la chienne le lendemain matin. Il a baissé les yeux. Je lui ai demandé à quelle heure je pouvais venir. Il m'a répondu que c'était comme je voulais parce qu'il se levait toujours très tôt. Je lui ai dit :

– Bon, alors à demain.

– Oui.

Mais on est restés là, sans bouger. J'ai dit :

– Monsieur !

Il m'a fait signe qu'il m'écoutait.

– Il y a un milan qui va crever de froid si je l'achète pas.

Il a fait :

– Ah !

Et moi j'ai fait oui avec la tête pour le confirmer. Là-dessus j'ai attendu qu'il s'intéresse à mon milan. Je l'ai regardé en souriant. Je me sentais prêt à lui expliquer combien j'en avais envie, et à lui exposer le raisonnement que je m'étais tenu sous l'enseigne au néon, avant de revenir ici.

Il a continué à me regarder en clignant des yeux, et il est resté silencieux. Il tenait encore la poignée de la porte. Il ne portait qu'une chemise en haut. Il frissonnait un peu. Mais surtout il demeurait terriblement silencieux. Alors j'ai dit :

– Monsieur !

– Oui !

– Le froid va rentrer si vous fermez pas la porte.

Il a regardé dehors par-dessus mon épaule.

– Monsieur, le froid va rentrer.

J'ai reculé d'un pas sur le seuil, et il a doucement refermé la porte derrière lui. Un reste d'air chaud a flotté un instant devant moi.

A la maison ils m'attendaient dans la chambre de mon père. Ma mère était debout, dos à la fenêtre. Elle a mis les mains sur ses joues quand je suis entré. Mon père a regardé devant lui en souriant. Je me suis assis dans le fauteuil. Une bête a traversé le faux plafond en courant et s'est mise à gratter quelque chose. J'ai attendu qu'elle s'arrête de gratter, et j'ai dit que j'étais resté manger chez Borgman. Ma mère a retiré les mains de ses joues. Elle est venue devant le fauteuil et m'a ôté mon manteau. Quand elle a voulu m'ôter mes bottes je lui ai dit que je préférais les garder parce que j'étais bien au chaud dedans. C'étaient les bottes en cuir de mon père. C'était le deuxième hiver que je m'en servais. Il m'a demandé si je pensais toujours à les cirer. Je lui ai répondu que j'y pensais toujours. Puis j'ai dit que le lendemain soir les vieux nous avaient invités, Borgman et moi, à jouer aux dominos dans la salle à manger, alors sans doute je rentrerais tard.

Ma mère se tenait encore devant moi, mon manteau

dans les bras. Je n'osais pas la regarder. J'ai pensé que j'allais fondre en larmes si elle continuait à rester ainsi devant moi, tellement désemparée. Peut-être une minute entière s'est écoulée ainsi. Et heureusement elle a quitté la chambre. Un moment après mon père m'a dit :

– Ta mère a eu très peur.

Je lui ai demandé si lui aussi avait eu peur.

– Bien sûr, il m'a répondu.

J'aurais beaucoup aimé que non mais je ne lui ai pas dit. Mais ce que j'aurais aimé avant toute chose, c'est savoir ce qu'il avait fait un jour et qui ne l'avait pas rendu malheureux, alors que normalement il aurait dû l'être. J'aurais voulu comparer ce qu'il avait fait avec ce que moi j'allais faire. J'aurais aimé savoir quel genre de solitude j'allais éprouver le lendemain.

J'ai cherché comment y faire allusion. Il s'est lentement tourné vers moi, de tout son corps, et il a mis ses deux mains sous sa joue. C'était rare de le voir dans cette position. Ça m'a fait plaisir, et j'ai renoncé à trouver des allusions.

Il m'a regardé attentivement et il m'a demandé comment allait mon milan. Je lui ai répondu qu'il allait bien. A mon tour je lui ai demandé s'il avait envie d'entendre la capture. Il m'a répondu oui pourquoi pas, et au bout d'un instant il m'a dit que oui, vraiment, il avait envie de l'entendre. Est-ce qu'il voulait l'écouter avec ou sans la lumière ?

Comme ça lui était égal, je l'ai éteinte. Il en est resté un peu cependant. Elle provenait de la cuisine, elle éclairait l'entrée de la chambre.

J'ai commencé à raconter, mais bientôt cette lumière qui venait de la cuisine a changé, elle s'est voilée. J'ai compris que ma mère se tenait tout près dans le couloir, sans doute pour m'écouter. Ça ne m'a pas plu, mais comme l'histoire était longue j'ai fini par oublier qu'elle était là.

J'ai raconté la capture simplement et très paisiblement, et il m'a semblé que mon père l'appréciait ainsi. Plusieurs fois je l'ai regardé, et chaque fois il m'a fait signe de ne pas m'arrêter. Il s'est endormi quand l'homme disait des choses réconfortantes au milan en le tenant contre lui. J'ai malgré tout terminé l'histoire. Un peu après la fin, alors que l'homme était revenu chez lui avec le milan, je me suis endormi dans le fauteuil. Quand je me suis réveillé, tout était éteint dans la maison.

Je me suis demandé si je devais rallumer la lampe de chevet, si, à cette heure-là, mon père pouvait encore se réveiller et avoir cette peur terrible de l'obscurité. Il m'a semblé que non, parce qu'il devait être tard dans la nuit.

Je me suis levé et je suis allé dans la cuisine dans le noir. En passant dans le couloir je me suis souvenu que ma mère s'y tenait tout à l'heure tandis que je racontais la capture. J'étais curieux de savoir si elle l'avait écoutée jusqu'au bout. J'ai eu un peu envie que oui. Et, pour ce petit peu, j'ai été content de l'avoir racontée simplement et paisiblement, cette fois.

J'ai mangé ce que j'ai trouvé dans la cuisine. J'ai ciré mes bottes avec soin, assis sur le lit. J'ai attendu que le cirage pénètre, et je les ai frottées pour les faire briller.

Je me suis couché et j'ai mis longtemps à trouver le sommeil. D'habitude, c'était de penser au milan qui m'endormait. Mais, ce soir, j'étais si près de le posséder que ça m'effrayait beaucoup d'y penser. C'était un peu comme de posséder un triomphe en verre fin posé sur quelque chose de très haut.

Il faisait encore nuit quand je me suis réveillé. Tout était calme et invisible dans la cuisine, et j'ai senti l'odeur du cirage.

J'avais bien dormi. Je me sentais calme et en forme. Mes bottes brillaient dans l'obscurité. J'étais content de les avoir cirées, et j'avais confiance en cette journée.

Je me suis souvenu soudain que j'avais rêvé à un écureuil. Il grimpait à un arbre blanc, et il était roux comme un écureuil. De sorte qu'on ne le perdait jamais de vue sur le fond blanc de l'arbre, tandis qu'il grimpait. Ç'avait été un rêve agréable. Mais, une fois réveillé, j'ai bien compris qu'il s'agissait de l'écureuil de la vieille femme. Et là c'est devenu un rêve beaucoup moins agréable.

J'ai attendu, allongé dans l'obscurité, essayant de ne penser à rien. C'était difficile. J'ai tenté plusieurs fois de dérouler le vol plané de mon milan pour m'éviter de penser à des choses. Mais il ne volait que quelques secondes et s'évanouissait brusquement, le ciel redevenait vide, et de nouveau je pensais à des choses.

Avec l'aube j'ai commencé à apercevoir les murs. Plus précisément, la jonction des murs et du plafond. J'ai eu une drôle d'idée. J'ai imaginé que je faisais le tour du plafond en compagnie de la chienne. Un tour, deux tours, la chienne marchait encore bien, et c'est lors du troisième tour que j'ai décidé qu'elle se fatiguait et que je la distançais. Soudain j'ai trouvé que c'était une très mauvaise idée de m'imaginer cela et je me suis tourné sur le côté, vers la fenêtre.

L'aube blanchissait à présent. Comme j'avais peur de me rendormir, je me suis levé. J'ai mangé et me suis habillé.

J'ai mis plusieurs couches de vêtements, et j'ai mis mon repas dans mes poches.

Je suis sorti sur le palier et j'ai refermé la porte derrière moi, aussi doucement que je pouvais. Il faisait encore sombre. J'ai descendu les escaliers dans le silence et l'obscurité. J'avais la main gauche sur le bois de la rampe. Ainsi, à moi ça ne me posait pas de problème de descendre dans le noir, et ce soir je lui dirais, si je la voyais, qu'elle devrait essayer elle aussi de descendre les escaliers en se tenant à la rampe. Je veux dire, sans mettre en marche la minuterie.

Dans la rue le jour s'était levé. Il faisait peut-être dix en dessous de zéro. Le bas du ciel était bleu et limpide comme de l'eau.

Mais peut-être fera-t-elle semblant de ne pas comprendre. Oui, peut-être me demandera-t-elle de quelle minuterie je veux parler. Je lui répondrai qu'elle le sait très bien et que si elle veut nous pouvons sortir sur le palier pour la voir tous les deux ensemble, cette minuterie.

Je n'ai pas croisé beaucoup de monde dans la rue. Quand je suis arrivé devant l'hospice, j'ai déboutonné mon manteau. J'ai frappé à la porte. Borgman m'a dit que c'était ouvert et je suis entré. La chienne était couchée sous la table. Dans la pièce flottait son odeur mélangée à celle du café.

La cafetière était posée sur la table entre deux tasses. Près de ma tasse il y avait de l'argent, des billets qui dépassaient d'une enveloppe. Borgman est apparu à la porte de sa chambre. Il m'a dit de m'asseoir et de boire le café avec lui. Sur le dossier de ma chaise il y avait une laisse en cuir, munie à un bout d'une manille.

Nous avons bu le café. Dans un silence différent que d'habitude, c'était la chienne entre nous sous la table qui semblait composer cet étrange silence.

En buvant mon café je me suis demandé à quel moment je devais prendre l'argent posé devant moi. Je n'ai pas trouvé la réponse, et finalement je ne l'ai pris qu'au dernier moment, quand je me suis levé, et juste après avoir saisi la laisse dans une main.

J'ai donc pris l'enveloppe et l'ai rangée dans la poche intérieure de mon manteau. Puis je me suis accroupi et j'ai accroché la manille au collier de la chienne. Borgman s'est levé tandis que je me redressais. Nous nous sommes fait face par-dessus la table, et il m'a dit quelque chose que je n'ai pas compris. Ce à quoi j'ai néanmoins répondu oui parce que je ne voulais pas l'entendre répéter ce qui m'aurait peut-être blessé, ou ennuyé. J'ai tiré légèrement sur la laisse, et la chienne s'est levée. On est sortis de la maison de Borgman, et dans la rue devant l'hospice j'ai coincé la laisse entre mes genoux et j'ai reboutonné mon manteau. J'ai repris la laisse en main et j'ai pris la direction de la gare.

Devant la gare, il y avait un homme qui faisait brûler des cagettes. Il en avait un tas à côté de lui. Elles étaient empilées au pied d'une énorme congère. Autour du feu, la neige s'était creusée. A la vitesse où les cagettes brûlaient, l'homme avait une demi-heure de chauffage devant lui. Il avait les yeux rivés à son feu et mangeait des biscuits que j'aimais beaucoup. L'homme a repris un biscuit et il m'a regardé.

Dans la gare il faisait presque aussi froid que dehors. Un employé lisait un livre derrière le guichet. Il a levé les yeux vers moi, mais quand il a vu que j'allais tout droit vers le quai il a repris sa lecture.

Il n'y avait personne sur le quai, tous les gens que je voyais étaient déjà assis dans le train. Il était composé de wagons jaunes. La chienne a tiré sur la laisse comme si elle voulait monter dedans. J'ai suivi son mouvement, mais tout ce qu'elle voulait, en fait, c'était renifler quelque chose sur la voie.

Soudain le train a laissé partir de l'air comprimé et ça lui a fait peur. On s'est éloignés du bord du quai et on a remonté les bâtiments de la gare. Bientôt on s'est retrouvés au milieu d'un espace dégagé où toutes les voies convergeaient. Certaines étaient déneigées et d'autres non. On a dépassé le dernier wagon du train.

A l'horizon il y avait des collines.

J'ai choisi une voie qui semblait aller vers ces collines. Je l'ai choisie pour ça, et aussi parce qu'elle n'était pas déneigée. Aucune chance d'y voir passer un train. Heureusement, la neige était dure et laissait apparaître le tracé de la voie aussi loin que le regard portait, très loin au pied des collines. On avait l'impression de marcher sur une congère parfaitement droite et aplatie au sommet. Ni les rails ni les traverses ne se voyaient, on ne les sentait pas sous les pas. Il fallait être parti de la gare pour savoir qu'on marchait sur une voie de chemin de fer.

La chienne trottait tranquillement. Je tenais la laisse mais j'aurais tout aussi bien pu la lâcher.

Les collines étaient encore plus loin que je l'avais pensé. Nous marchions vers elles depuis un quart d'heure, et elles me paraissaient toujours aussi lointaines. Elles étaient d'un vert si foncé que, si on ne faisait pas attention, on pouvait penser qu'elles étaient noires.

Alors voilà ce qu'il y avait à cet instant : les collines noires au loin, et une voie de chemin de fer tellement recouverte de neige qu'elle ressemblait à une très grande congère. Et il y avait la chienne, mais elle ne comptait pas à ce moment-là, car elle ne tirait pas sur la laisse, elle trottait si tranquillement qu'elle ne semblait pas être là. Et il y avait les champs de chaque côté de la voie, et qui ne comptaient pas non plus. Mais là je ne sais pas pourquoi. Peut-être simplement parce qu'ils auraient pu être quelque chose d'autre que des champs. Ça n'aurait rien changé au fait qu'entre moi et les collines il y avait plusieurs kilomètres et que cela me rendait étrangement heureux d'avoir à les faire sur le sommet de cette congère.

Quand le soleil est monté derrière les collines, je

me suis senti encore plus heureux, et j'avais chaud sous mes couches de vêtements. Je baissais les yeux pour ne voir que du blanc, et quand je les relevais je voyais les collines. Et alors qu'entre-temps j'avais parcouru une centaine de mètres, elles paraissaient toujours aussi noires et lointaines.

Soudain j'ai cessé d'être heureux de marcher vers les collines. La chienne n'avait pas tiré sur la laisse pourtant, elle semblait toujours ne pas être là. Rien de particulier ne s'était produit. Aucune pensée singulière ne m'avait traversé l'esprit. Ça s'est arrêté comme ça, mais heureusement je n'ai pas été triste pour autant. Je me suis exactement senti comme je me sentais avant d'être si étrangement heureux.

Je me suis arrêté et j'ai regardé derrière moi. La gare était assez loin maintenant pour que je détache la chienne. Je ne craignais plus qu'elle se mette à courir et que je n'arrive pas à la retrouver dans les rues ou les bâtiments de la gare. Je l'ai détachée et j'ai rangé la laisse dans ma poche.

Nous sommes repartis vers les collines, et la chienne a trotté devant moi, au milieu du ballast recouvert de neige. Parfois elle déviait un peu et reniflait l'air à droite ou à gauche de la voie.

Maintenant nous étions plus près des collines que de la gare. J'ai ouvert mon manteau, et, malgré que je l'aie fait sans le moindre bruit et sans m'arrêter de marcher, la chienne s'est retournée vers moi.

J'ai d'abord cru que c'était un nuage qui s'élevait au-dessus des collines. Mais c'était de la fumée. De la fumée lourde au début, et qui s'élevait en grosses volutes. Au bout d'un moment elle est devenue de la fumée légère, un filet clair qui est monté bien droit dans le ciel.

Quand nous sommes entrés entre les collines, le soleil a disparu derrière les bois de mélèzes. La chienne à présent marchait derrière moi. On ne voyait pas encore d'où provenait le feu. La voie de chemin de fer a entamé une longue courbe, si longue et si ample qu'en regardant mes pas uniquement j'avais toujours l'impression de marcher tout droit dans la même direction.

J'ai relevé les yeux. Les bois de mélèzes se dressaient de chaque côté de la voie. Je les ai trouvés beaux, ils étaient beaucoup moins sombres que de loin, moins inquiétants. J'ai pensé que si j'avais connu ces collines boisées avant aujourd'hui, d'aussi près je veux dire, c'est probablement là que j'aurais situé la capture du milan. L'homme et le milan avaient ici, parmi les mélèzes et dans les combes, beaucoup d'endroits où se cacher l'un de l'autre.

La longue courbe a fini et j'ai pu voir d'où provenait la fumée. Elle sortait du toit d'un wagon de marchandises par un tuyau surmonté d'un chapeau métallique, lui-même surmonté d'une fleur sans doute sculptée dans du bois et qui avait la couleur de la suie. Le wagon n'était pas sur la voie ferrée, mais posé en contrebas, sous les premiers mélèzes.

Des marches étaient creusées dans la neige, elles grimpaient de la porte du wagon jusqu'à la voie ferrée. J'ai tenté de voir à l'intérieur par la porte, mais c'était trop sombre pour rien distinguer précisément.

Il y avait aussi une fenêtre minuscule de chaque côté de la porte. L'une était munie de rideaux. L'autre, de volets en bois qui devaient claquer à chaque coup de vent car ils tenaient par de la corde.

La chienne est repassée devant. Je me suis retourné pour voir si quelqu'un nous observait. Mais personne. Les collines devant nous ont continué à se dresser. Bientôt on a été trop loin pour voir le wagon.

Le soleil est réapparu. Je pensais à la fontaine de la

rue d'Asiago quand il s'est levé derrière les arbres. Il a tout de suite fait plus chaud et j'ai déboutonné ma première chemise, et repris ensuite mes pensées à propos de la fontaine, à savoir si l'eau avait gelé dans la gueule de l'oiseau.

De nouveau la voie de chemin de fer a entamé une longue courbe, et nous sommes sortis des collines.

Devant nous, la plaine. Au loin, on distinguait des montagnes. C'étaient de jolies montagnes avec des crêtes blanches, et je me suis arrêté pour les regarder. Soudain, un vol d'oiseaux est passé très haut au-dessus de la voie, et ce sont eux que j'ai regardés.

La chienne n'avait pas vu que je m'étais arrêté. Elle marchait à présent toute seule, une centaine de mètres devant moi. J'ai retenu mon souffle. Les oiseaux ont disparu. La chienne a continué de s'éloigner, et j'ai pensé alors : Voilà comment les choses devaient se passer.

Elle marchait vers les montagnes. Trois ou quatre cents mètres nous séparaient. A cet instant, j'aurais beaucoup aimé voir un autre vol d'oiseaux pour m'occuper l'esprit, parce que c'était difficile de la voir ainsi s'éloigner. J'avais la bouche sèche. Je me suis accroupi et j'ai mangé un peu de neige. La chienne était si loin qu'on aurait pu facilement la confondre avec un renard.

Il m'a semblé qu'elle ralentissait. Je n'en étais pas sûr. A cette distance c'était difficile à voir. Je n'ai pas bougé et je l'ai fixée. Oui, ça ne faisait plus aucun doute maintenant qu'elle avait ralenti. Finalement elle s'est arrêtée, et je me suis relevé. Elle s'est retournée, et presque tout de suite a commencé à revenir vers moi. Moi aussi j'ai avancé vers elle, et lorsque nous nous sommes rejoints, ou plutôt juste au moment de nous rejoindre, elle a pivoté, et elle est repartie.

De chaque côté de la voie il y avait des endroits où la neige était bleue. J'en ai cherché la raison. J'ai fini par descendre vers l'une de ces plaques bleues. Je me suis penché et je l'ai étudiée. De près c'était moins bleu. Comme j'avais fait du bruit en dévalant de la voie, la chienne s'était arrêtée, elle m'observait tandis que je grattais la neige. C'était de la glace qu'il y avait en dessous, une mare gelée, voilà pourquoi c'était bleu. Des herbes jaunes et des bulles d'air étaient prises dedans.

Je suis remonté sur la voie, et on est repartis.

J'avais froid à présent. Je me suis frotté les mains en regardant autour de moi. Il y avait les montagnes au loin, les collines derrière qui étaient redevenues sombres, et les mares bleues de chaque côté de la voie.

J'ai pensé, tandis que mes mains se réchauffaient et qu'ensuite je refermais mes vêtements, j'ai pensé que ç'aurait été une idée épatante de situer la capture du milan ici, bien plus épatante que dans les collines. A part le talus de la voie de chemin de fer, il n'y avait pas d'autres reliefs à des kilomètres à la ronde. Le chasseur aurait eu un mal terrible à se cacher ici, le milan aussi. Il y avait de quoi composer une capture bien étrange, très intéressante.

J'ai remarqué que la chienne marchait plus difficilement qu'au départ de la gare. J'ai eu envie de lui dire que nous avions tout notre temps, que nous n'étions pas pressés. Mais c'était stupide de dire cela.

Le soleil continuait de monter, en oblique et très loin. Mais il parvenait quand même à réchauffer la plaine. Les cristaux de neige brillaient, et mes pas s'enfonçaient un peu plus en crissant doucement. C'était le seul bruit qu'il y avait autour de nous, parce que la chienne, elle, avançait sans faire le moindre bruit.

Nous avons marché pendant une heure qui m'a semblé longue parce qu'il n'y avait rien à voir autour de nous que les plaques bleues. Et aucun bruit à entendre, à part mes pas, mais ils ont fini par faire partie du silence. J'avais renoncé à regarder les montagnes parce qu'elles semblaient définitivement loin. Je marchais en regardant à quelques mètres devant moi. Parfois, la chienne ralentissait et entrait alors dans mon champ de vision. Je ralentissais à mon tour, et elle en sortait.

Quand j'ai décidé de nous arrêter, je n'ai pas su comment l'appeler. Elle a continué de marcher toute seule et j'ai couru derrière. Elle m'a entendu arriver et s'est arrêtée.

Elle s'est assise et elle avait l'air fatigué. Elle respirait vite et des gouttes de salive tombaient sur la neige. Moi aussi je me suis assis. Ce qui a dû la rassurer parce que aussitôt elle s'est allongée sur le flanc. Elle s'est léché les pattes de devant. Elle a mangé de la neige. Ensuite elle a fermé les yeux et elle a dormi un moment.

Nous sommes repartis, et, je ne sais pas pourquoi, je me suis mis à courir. J'ai dépassé la chienne et je l'ai entendue derrière moi qui essayait de me suivre.

Quand je me suis arrêté, j'étais essoufflé et j'avais très soif. J'ai mangé un peu de neige. La chienne est arrivée en marchant péniblement et j'ai regretté d'avoir couru, j'en ai ressenti de la honte. Puis tout de suite j'ai pensé que les choses en fait se passaient comme je les avais souhaitées, et que je n'avais pas à regretter d'avoir couru, ni à avoir honte.

Elle est venue se coucher à mes pieds. J'ai sorti un morceau de pain de ma poche et je lui ai tendu. Elle l'a reniflé mais n'en a pas voulu. Je l'ai remis dans la poche. J'ai attendu qu'elle se repose avant de repartir.

Nous avons encore marché une demi-heure. La chienne est restée à côté de moi. J'ai suivi son rythme. Je n'ai pas essayé de voir si elle était fatiguée. Je pensais qu'il valait mieux ne pas trop m'intéresser à elle.

Moi, je l'étais un peu, fatigué. J'avais mal aux jambes. Je commençais aussi à avoir faim. Il était midi maintenant. Le soleil était jaune et rond. Il n'était pas monté haut, et déjà il commençait à redescendre vers l'horizon.

Quand nous nous sommes arrêtés, j'ai regardé derrière moi. Les collines étaient si loin qu'on n'arrivait plus à les distinguer les unes des autres. Elles ressemblaient à une seule colline. J'ai retiré mon manteau. Je l'ai étalé sur la neige et me suis assis dessus. La chienne est restée debout. Elle regardait en bas de la voie. J'ai commencé à manger, et, comme tout à l'heure elle n'avait pas voulu le pain, j'ai pensé qu'elle n'en voudrait pas non plus cette fois. Je me trompais. Elle s'est approchée et elle a regardé la main qui tenait le pain. J'en ai cassé un bout et je lui ai jeté entre les pattes. Elle s'est reculée et l'a pris entre ses dents. Elle est partie le manger plus loin. Je lui en ai lancé un autre.

J'ai mangé tout ce que contenaient mes poches : du pâté aux olives, du fromage et plusieurs tranches de pain. J'ai fait fondre de la neige dans ma main après la dernière tranche de pain. Ç'a été long et les quelques gouttes obtenues ne m'ont pas désaltéré. J'ai compris que la neige, il valait mieux directement la manger.

Je me suis relevé. J'ai remis mon manteau et j'ai tapé des pieds sur la neige parce que le froid avait commencé à m'engourdir les jambes. J'ai soufflé dans mes mains. La chienne s'est relevée.

Des nuages sont apparus au loin. J'ai pensé qu'il fallait marcher plus vite. J'ai allongé le pas et j'ai dépassé la chienne. Au bout d'une centaine de mètres je me suis retourné pour voir si elle arrivait à me suivre. Elle y arrivait, mais ça lui demandait beaucoup d'efforts.

Nous avons marché longtemps à ce rythme. Je me suis retourné encore une fois ou deux, puis j'ai renoncé à le faire parce que ça commençait à me faire du mal de la voir ainsi se fatiguer. Je me suis forcé à regarder la neige devant mes pas. Et à ne penser qu'au milan.

Je ne sais pas si j'ai ralenti, ou si la chienne est allée plus vite soudain, toujours est-il qu'elle est apparue à côté de moi. Elle respirait très fort. J'ai accéléré le pas en pensant tout bas : Mon Dieu, retourne derrière moi ! Mais elle s'est mise à trotter pour rester à ma hauteur, pas longtemps heureusement. J'ai réussi à la distancer. Je me suis même mis à courir afin de la décourager d'essayer de revenir.

Alors j'ai aperçu le pont. Pour le moment il n'était qu'un point au loin.

J'avais tellement pris d'avance que, lorsque j'y suis arrivé, j'ai eu tout mon temps pour l'étudier, avant que la chienne me rejoigne.

Il n'était pas terminé, il n'y avait que les piliers et le tablier soutenant la voie qui étaient en place, et rivetés. Les rambardes étaient encore en chevrons de bois et en planches, et tenaient provisoirement par des serre-joints. Il y avait des poutres métalliques posées sur les berges, ainsi qu'une grande quantité de matériaux à moitié recouverts de neige.

En me tenant à un serre-joint, je me suis penché pour regarder la rivière. Elle était claire comme tout. Elle ne coulait pas vite. La neige descendait des berges et faisait des plates-formes par-dessus le courant.

Je suis resté encore quelques instants à regarder la rivière. Puis j'ai vu arriver la chienne. J'ai détourné la tête. Mais j'ai eu le temps de voir qu'elle peinait pour avancer. Je me suis redressé et j'ai franchi le pont. Je me suis mis à courir pour refaire la distance qui nous séparait avant d'arriver ici.

C'est seulement quand je me suis arrêté de courir que je me suis aperçu que je n'étais plus sur le talus de la voie ferrée. J'étais pourtant toujours dans l'axe du pont, j'avais bien couru tout droit. J'ai regardé autour de moi pour tenter de voir le talus quelque part. Mais nulle part de talus. On avait peut-être posé la voie directement dans les champs. Je me suis mis à gratter la neige avec les talons. Plus de traverses ni de rails. Rien que de la terre gelée et de l'herbe. J'ai compris que la voie ferrée finissait ici. On avait sans doute arrêté de la construire à cause de la neige.

Le temps de creuser et de réfléchir à tout ça, la chienne avait franchi le pont et m'avait rejoint. Elle s'est assise au bord du trou en respirant comme une très vieille chienne. Comme je ne voulais pas rester à côté d'elle et entendre ça, je suis parti.

Je me suis efforcé de marcher tout droit, de rester le plus possible dans l'axe du pont derrière moi. Mais je ne craignais pas vraiment de me perdre. C'était si plat ici que j'étais sûr de voir encore le pont à des kilomètres de là.

Je marchais sur les mares bleues. Il y en avait de toutes les dimensions. Et aussi sans doute de profondeur d'eau différente, et ça je le voyais aux nuances de bleu. Je mesurais chaque mare en nombre de pas, et tentais d'en évaluer la profondeur sur une échelle des bleus que je venais d'inventer, des plus clairs aux plus foncés.

Je me suis tellement intéressé aux mares que plusieurs fois j'ai oublié que la chienne marchait derrière moi. Quand j'en reprenais conscience, je me demandais à quelle distance elle pouvait être. Je n'en avais pas la moindre idée parce que je ne l'entendais pas et que j'avais décidé de ne plus me retourner.

Soudain il n'y a plus eu de mares, plus rien pour m'occuper. Que la neige qui s'enfonçait sous mes pas. De la neige comme ça jusqu'à l'horizon.

J'ai fixé l'horizon et j'ai continué d'avancer.

Ça me manquait beaucoup de ne plus pouvoir étudier les mares. Sans rien pour passer le temps et m'occuper l'esprit, j'ai commencé à ressentir la fatigue.

C'est alors que le brouillard est arrivé. Il a fait si sombre soudain qu'on aurait dit le soir. Au loin, l'horizon s'est voilé, avant de disparaître complètement. C'était tout gris et laiteux autour de moi. Je ne voyais plus rien au-delà de dix mètres. Je me suis mis à marcher encore plus vite. La neige craquait sous mes pas. Je m'efforçais de ne penser à rien, je marchais seulement très vite. J'avançais comme dans un rêve parce que rien autour de moi ne m'indiquait que j'avançais.

J'ai trébuché et j'ai failli tomber. C'est juste à ce moment que je me suis rendu compte que je n'essayais plus de distancer la chienne, mais que je la fuyais. Et c'était quelque chose d'absolument terrifiant. J'ai uriné sur moi parce que je n'ai pas voulu m'arrêter pour le faire. Ma cuisse est devenue tiède jusqu'au genou, et très vite elle s'est refroidie. Soudain quelque chose a bourdonné à mes oreilles, et il m'a semblé que j'entendais un train au loin. Mais j'ai vite compris que c'était mon imagination qui avait encore plus peur du silence que moi.

Je courais presque et j'avais le souffle court. J'ai ralenti un peu, et j'ai ouvert mon manteau. Il était lourd d'humidité et je l'ai refermé parce qu'il me gênait pour avancer.

Quand le brouillard s'est levé, le ciel est resté gris, ensuite il a jauni un peu. J'ai pensé qu'on était peut-être le soir. Mais non. Bientôt l'horizon est réapparu, mais pas longtemps parce qu'il s'est mis à neiger. De gros flocons qui me rentraient dans les yeux et le cou. J'y voyais encore moins que dans le brouillard.

J'ai encore ralenti un peu parce que j'étais fatigué. Heureusement, j'étais de moins en moins terrifié à l'idée que la chienne me rejoigne. Sans doute parce que j'étais sûr à présent qu'elle ne le pourrait plus.

Très rapidement j'ai été tout blanc de neige. J'ai secoué la tête et j'ai frotté mon manteau, les manches et les épaules.

Soudain j'ai dit tout haut :

– Regarde un peu toute cette neige !

Je l'ai répété :

– Mais regarde un peu toute cette neige !

J'ai allongé le pas.

– Regarde cette neige !

Je courais et je criais de regarder la neige, comme si quelqu'un loin devant moi avait le besoin impérieux d'entendre ça.

Je suis tombé face dans la neige et je me suis mis à rire, parce que l'une de mes bottes y est restée plantée quand je me suis relevé.

Les flocons sont tombés moins drus. Il s'est arrêté de neiger peu après que j'ai atteint la route nationale. J'ai grimpé sur la congère qui la bordait et je me suis assis en haut.

Aussi loin que je pouvais voir, la route filait toute droite. Je ne savais pas où elle allait, ni à droite ni à gauche. De l'autre côté, continuait la plaine que je venais de traverser.

L'aspect du ciel a changé tandis que j'attendais assis au bord de la route nationale. Le soir est arrivé et l'air est devenu plus froid.

Une voiture a allumé ses feux au loin et j'ai retiré mes gants parce que je venais d'avoir une idée. Quand elle est passée devant moi en roulant doucement, j'ai ouvert mon manteau et j'ai sorti l'enveloppe. Mais ses phares ne m'ont pas éclairé assez longtemps pour que je compte l'argent. J'ai gardé l'enveloppe dans la main et j'ai attendu une autre voiture. Il en est venu une plusieurs minutes après. J'avais eu le temps de tailler des marches dans la congère pour descendre sur la route. La voiture est arrivée. J'ai couru dans ses phares et j'ai réussi à compter les premiers billets. J'ai failli tomber, parce que la route était glacée. Je suis revenu en arrière et j'ai regrimpé sur la congère. J'en suis redescendu pour attraper les phares d'un camion à plate-forme qui roulait au pas. Le chauffeur a klaxonné quand il m'a vu, et j'ai eu peur, mais j'ai eu le temps de compter les derniers billets. Il y avait bien la somme que Borgman m'avait annoncée. J'ai remis l'enveloppe dans ma poche, j'ai enfilé mes gants et je suis retourné sur la congère. Je me suis tenu debout en haut pour regarder les feux du camion s'en aller dans le soir. Quand ils ont disparu, je me suis assis. Soudain, et avec beaucoup de sincérité, j'ai souhaité bonne chance au chauffeur du camion dans tout ce qu'il entreprendrait. Ça m'a fait du bien d'avoir eu cette idée.

Un peu de neige a recommencé à tomber. Je suis resté là le temps de voir encore passer quelques voitures, et à regarder des flocons suspendus dans leurs phares.

Les habitacles des voitures étaient éteints, de sorte qu'on ne voyait rien à l'intérieur. Impossible de savoir combien ils étaient dedans. J'ai cherché quelque chose à manger dans mes poches, mais j'avais déjà tout mangé.

Je suis descendu de la nationale et j'ai commencé à rentrer.

A peine étais-je parti que je me suis souvenu de la laisse que j'avais mise dans ma poche entre la gare et les collines. J'ai fait demi-tour, j'ai grimpé sur la congère, j'ai enroulée la laisse sur elle-même et l'ai jetée de l'autre côté de la route nationale, de toutes mes forces. Elle est montée en l'air en se déroulant, et elle a disparu.

Je suis redescendu de la congère.

Heureusement il n'avait pas assez neigé pour recouvrir mes traces. Je marchais dedans et c'était plus facile d'avancer que pour venir. Par moments elles étaient si espacées que je me disais : Tiens, là j'ai couru. Ou je me disais que j'avais de sacrées grandes jambes, et là ça me faisait sourire parce que ce n'était pas vrai.

Malgré qu'il fasse nuit, on voyait très bien, et loin devant, grâce à la clarté de la neige. Par endroits, le ciel était dégagé et j'apercevais des étoiles.

Je n'avais plus la notion de l'heure. Tout ce que je savais c'était que j'en avais encore pour des heures à rentrer, et que j'arriverais sans doute au milieu de la nuit.

Dans les trouées du ciel, j'essayais parfois d'imaginer mon milan volant devant les étoiles. Mais c'était difficile. Pour bien me l'imaginer il aurait fallu que je m'arrête et me concentre un bon moment. Et je sentais bien que je ne devais pas m'arrêter. Alors je me contentais de regarder les étoiles de temps en temps, gardant toujours un œil sur mes traces. C'était vraiment très étrange de voir la neige et les étoiles en même temps.

La chienne, je n'y pensais pas beaucoup. Elle était simplement là, dans un coin de ma tête. On aurait dit que, déjà, elle se cherchait une place dans ma mémoire. Ça ne me gênait pas qu'elle la trouve. A côté de la vieille femme par exemple. Oui, toutes les deux ensemble c'était bien. Et, encore mieux, assise entre elle et l'histoire d'écureuil.

Bien sûr je savais bien qu'à un moment ou un autre je passerais près de la chienne, qu'elle serait couchée quelque part sur le chemin du retour, étendue sur le flanc dans la neige. Mais je m'y sentais prêt, et j'ai arrêté d'y penser.

Là-dessus, j'ai marché plus d'une heure dans mes traces, à songer avec enthousiasme à l'aménagement de la cage. Si je n'étais pas trop fatigué, je descendrais de la voie entre les collines et j'essayerais de trouver une branche de mélèze en forme de pont. Ou alors je reviendrais demain quand il ferait jour. En fait, n'importe quelle branche de mélèze ferait l'affaire. Mais c'est vrai que, à choisir, je la prendrais en forme de pont. L'abreuvoir, je ne savais pas encore si j'allais l'acheter ou le tailler dans une grosse branche.

Les empreintes de la chienne sont apparues devant moi si brusquement que j'ai failli marcher dessus. S'est violemment interrompu mon rêve d'aménagement. Je me suis arrêté, et je suis resté là sans bouger, debout dans la neige, à regarder les empreintes sortir de mes anciennes traces et se perdre dans la nuit en dessinant une courbe sur la gauche. Comme entre-temps il avait neigé dessus, elles semblaient à peine creusées, ces empreintes, elles étaient délicates, comme si la chienne n'avait rien pesé.

C'était ici qu'elle avait renoncé à me suivre. Peut-être au moment où je courais en criant de regarder la neige. Peut-être bien avant, ou après.

Je ne bougeais plus. Je scrutais la nuit dans la direction qu'elle avait prise. Qu'est-ce qu'il y avait là-bas, dans cette direction ? La plaine enneigée, le même silence qu'ici, et des trous dans le ciel pour voir des étoiles.

Je voulais m'en aller, mais je restais là sans bouger. J'étais fasciné par la courbe que dessinaient les empreintes. Je n'arrivais pas à partir. Je crois que j'aurais préféré voir la chienne étendue sur le flanc dans la neige plutôt que ces empreintes. Qu'est-ce qu'il y avait là-bas ?

Soudain le vent s'est levé et je suis reparti.

J'ai essayé de courir mais je suis tombé. Je me suis relevé en m'appuyant sur mes coudes. Je n'ai plus tenté de courir. Je me suis appliqué à mettre mes pas dans mes anciennes traces.

Le vent soulevait la neige au ras du sol. Elle était glacée. Elle me rentrait dans la bouche et dans le nez, se transformant aussitôt en eau. J'ai marché longtemps avec le vent et la neige. Je ne sentais plus mes jambes. Mes mains, je les serrais pour les réchauffer.

Le vent est tombé quand je suis arrivé en vue du pont. Plus un bruit. J'ai dit tout haut :

– Merci que le vent s'arrête.

J'ai traversé le pont et je suis descendu sur la berge. Je ne pouvais pas toucher l'eau. Je craignais qu'en m'avançant trop près du bord la neige s'effondre. Mais j'avais soif. J'ai commencé à creuser une tranchée à coups de botte. J'avais eu raison de faire attention, car un gros bloc de neige est tombé dans la rivière. Il s'est enfoncé, est remonté à la surface, et le courant l'a emporté. Maintenant je pouvais m'avancer jusqu'au bord. Je me suis accroupi et j'ai retiré mes gants. J'ai pris l'eau dans mes mains et je l'ai bue. Elle était claire, et froide comme de la glace.

J'en ai repris. Elle m'a semblé moins froide. Je me suis séché les mains sous mon manteau et j'ai remis mes gants. Je suis resté accroupi et j'ai regardé vers l'aval, sous le pont. Ensuite je me suis assis et j'ai regardé vers l'amont.

Je me trouvais bien ici, à regarder la rivière couler dans la nuit. Je commençais à avoir froid, mais je n'avais pas envie de partir. J'ai pensé que ce serait peut-être intéressant de revenir ici au printemps. J'ai commencé à y réfléchir. Mais quelque chose a bougé à la surface de l'eau. Sans doute un poisson. J'ai essuyé la neige sur mes bottes et le quelque chose a recommencé. J'ai surveillé la surface de l'eau pour essayer de voir ce que c'était.

Je n'ai pas vu ce que c'était et je suis reparti.

Je marchais sur la voie de chemin de fer. Les collines de mélèzes se dressaient devant moi, plus noires que le ciel. Une fois traversées, je serais sur le chemin de la gare. Je me suis souvenu du wagon de marchandises posé en bas de la voie. J'étais content d'avoir à passer devant, bientôt.

Dès que je suis entré entre les collines, j'ai aperçu la pâle lueur de l'une des fenêtres du wagon, celle qui ne possédait pas de volets. En m'approchant, j'ai vu la fumée monter du tuyau de cheminée, devant la face sombre des arbres. Je me suis demandé qui pouvait habiter ici, au milieu des collines.

Quand je suis passé devant le wagon, j'ai entendu rire à l'intérieur. Je me suis arrêté pour essayer de voir par la fenêtre. Mais elle était si sale qu'elle laissait seulement passer la lumière. Il y a eu un bruit de fer, une casserole il m'a semblé, et de nouveau des rires.

J'ai continué à marcher entre les mélèzes, et bientôt j'ai laissé les collines derrière moi.

Quand j'ai repensé au bois mort pour aménager la cage il était trop tard, j'étais déjà à mi-chemin de la gare et des collines.

J'ai aperçu les premières voies déneigées. Elles arrivaient de la droite et de la gauche, et convergeaient vers la gare.

Encore cent mètres. J'ai grimpé sur le quai et je suis allé m'asseoir sur un banc. Il n'y avait que quelques lumières de service d'allumées. Sur le quai en face, de l'autre côté des voies, une femme et un homme cherchaient quelque chose dans un sac posé par terre.

Au-dessus d'eux l'horloge marquait une heure du matin.

J'ai regardé mes bottes. J'étais encore au sec dedans. J'avais eu raison de les cirer avant de partir. J'ai tapé des talons pour faire tomber la neige des semelles. J'ai ouvert le haut de mon manteau. J'ai fermé les yeux et je me suis endormi un peu. Quand je me suis réveillé, le couple avait disparu du quai. Je me suis levé et je suis sorti de la gare. Il y avait un énorme trou dans la neige à l'endroit où l'homme brûlait des cagettes, ce matin.

J'avais très froid maintenant. A aucun moment dans la journée je n'avais eu aussi froid. Mes épaules tremblaient et je ne parvenais pas à les calmer.

Je suis allé rue de Brescia. J'ai essayé d'entendre le milan, derrière la bâche, au fond de la cour. Peut-être était-ce possible de l'entendre déployer ses ailes, ou faire quelque chose d'autre, comme se lisser les plumes avec le bec, ou alors se frotter aux barreaux pour se réchauffer. Mais tout était silencieux derrière la bâche.

Je me suis adossé à la grille et j'ai regardé la rue en espérant que ce ne serait pas cette nuit qu'il allait crever de froid.

Je me suis laissé glisser contre la grille et je me suis

assis sur mes talons. Tout le haut de mes pantalons, là où ils entraient dans les bottes, était dur.

Je ne sais pas combien de temps je suis resté comme ça, assis sur mes talons. Je me souviens seulement que, pendant tout ce temps, je n'ai plus pensé à tendre l'oreille pour entendre un mouvement du milan, que ça m'était vraiment égal à présent qu'il me donnât ou non un signe de vie. J'étais simplement assis, et je passais les doigts sur les plis gelés de mes pantalons, et par moments mon imagination entendait le roulement d'un train au loin. A d'autres moments elle voyait les faisceaux des phares sur la route nationale. Une fois, elle a vu la laisse se dérouler au-dessus de la route nationale.

Alors j'ai pensé qu'il valait peut-être mieux m'occuper à faire quelque chose au lieu de laisser mon imagination me montrer tout ça. J'ai essayé de dégeler un des plis de mes pantalons avec mon haleine, mais je n'ai pas réussi. Je me suis relevé et je suis rentré à la maison.

Il faisait chaud sur notre palier. J'ai ouvert doucement la porte et je suis entré dans le couloir. Il y avait de la lumière dans la cuisine. J'ai passé la porte. Une lampe était posée sur la table, elle éclairait mes couverts et mon repas. Il était froid, mais ça avait l'air bon.

J'ai éteint la lampe. Il est quand même resté un peu de lumière provenant de la cuisinière, assez pour me déplacer sans me cogner aux chaises.

Je suis allé m'asseoir sur le lit, j'ai retiré mes gants et j'ai ouvert mon manteau. Le haut de mes pantalons commençait à dégeler. J'ai retiré mes bottes et la deuxième paire de chaussettes. Ensuite je me suis levé du lit, j'ai ôté mon manteau, je l'ai posé sur une chaise, et je suis retourné m'asseoir sur le lit.

Au bout d'un moment j'ai senti l'odeur âcre de mes pantalons. Je me suis souvenu que j'avais uriné sur moi en courant.

Je me suis levé, je suis allé devant l'évier, j'ai retiré mes pantalons et mes caleçons, et je me suis lavé les jambes avec de l'eau chaude et du savon. Je me suis rincé avec de l'eau encore plus chaude, et ça m'a fait du bien. Je suis allé me sécher devant la cuisinière. Ensuite j'ai pris des caleçons propres sous le lit et je les ai enfilés.

J'ai lavé mes pantalons, les ai rincés et les ai étendus sur une chaise. Comme je n'avais pas réussi à les essorer complètement, ils ont commencé à s'égoutter sur le plancher.

J'étais allongé sur le lit et j'entendais les gouttes

tomber. J'ai fermé les yeux. Et il y a eu cette intimité indéfinissable entre mes yeux fermés et le bruit de l'eau qui tombait sur le plancher, et qui m'a calmé. Ça a duré longtemps comme ça, jusqu'au moment où mes pantalons sont parvenus à retenir l'eau.

Plus de bruit, j'ai gardé les yeux fermés.

J'avais envie de dormir, mais je savais que le sommeil ne viendrait pas maintenant. Je me suis tourné sur le côté pour regarder la fenêtre. Elle était peinte en blanc et brillait dans l'obscurité. J'ai essayé de refermer les yeux, mais, sans l'intimité des gouttes d'eau sur le plancher, c'était effrayant.

J'ai continué à regarder la fenêtre briller, et parfois, dans mon dos, un morceau de charbon incandescent tombait dans le cendrier de la cuisinière, imperceptiblement la lumière augmentait, et pendant un instant je voyais mieux la fenêtre.

Je me suis demandé si le chauffeur du camion à qui j'avais souhaité bonne chance était arrivé quelque part à présent. Je trouvais très loufoque de lui avoir souhaité ça, mais ce qui m'étonnait et me faisait plaisir, c'était que je ne le regrettais pas, je n'en ressentais pas la moindre honte.

Tout à coup, mon père s'est mis à crier. Je me suis

vite levé et je suis allé dans sa chambre. J'ai allumé sa lampe et il a ouvert les yeux, et d'abord ils ont été pleins de terreur, puis tout doucement ça a passé, et quand il a compris que j'étais là il m'a regardé avec beaucoup de calme, et moi je l'ai regardé timidement.

Quand il a refermé les yeux, je n'ai pas bougé, je suis resté debout, et quand j'ai été sûr qu'il s'était rendormi je me suis assis dans le fauteuil. J'ai attendu encore un peu, et j'ai éteint sa lampe.

J'entendais sa respiration. Elle était lente et régulière. Elle me calmait comme des pantalons qui s'égouttent sur un plancher.

J'avais les yeux ouverts dans l'obscurité, et j'ai commencé à voir passer les poussières blanches de la fatigue. La chambre a ressemblé à une grande nuit étoilée.

Et là, à l'instant même où la chambre venait de prendre l'apparence de cette grande nuit étoilée, tout a vacillé soudain, tout s'est penché, et il m'a semblé que je basculais du fauteuil. J'ai tendu les mains pour rattraper la laisse qui se déroulait au-dessus de la route, et pendant un moment j'ai eu l'impression de la serrer contre moi, précieusement. J'ai continué de basculer, et lorsque j'ai senti que mes mains ne tenaient pas la laisse, mais les accoudoirs du fauteuil, je me suis mis à gémir. A gémir de plus en plus fort, jusqu'à ce que soudain la chambre s'éclaire, et tandis que je me retournais vers le lit, haletant et démuni, mon père, redressé sur le côté et tenant le bouton de la lampe dans une main, a tendu l'autre vers moi.

J'ai attendu Di Gasso jusqu'au milieu de l'après-midi. J'ai surveillé sa fenêtre et la porte d'entrée de son immeuble.

J'étais adossé à la façade de l'immeuble d'en face. Il faisait moins froid que cette nuit, mais il faisait froid quand même. Parfois le vent soulevait de la neige des toits, et on aurait dit qu'il se remettait à neiger.

Enfin Di Gasso est sorti et il a regardé le ciel. Puis il est rentré. Heureusement il est vite ressorti avec une pelle et il a commencé à dégager la neige de son trottoir. J'ai attendu qu'il ait avancé son travail et j'ai traversé la route, me suis approché de lui et lui ai dit que j'avais l'argent pour acheter le milan. Il m'a répondu sans s'arrêter de donner des coups de pelle dans la neige :

– Je sais pas s'il a pas crevé de froid.

Je suis allé vers la grille du porche et, comme cette nuit, j'ai tendu l'oreille pour essayer de l'entendre.

Mais tout ce que j'entendais, c'étaient les coups de pelle de Di Gasso. Je lui ai répété que j'avais l'argent et que je voulais lui acheter le milan aujourd'hui même. Il a planté sa pelle dans la neige, il est venu vers moi en disant :

– Merde alors, qu'est-ce que tu vas foutre avec ça ?

Je me suis reculé. Il a ôté ses gants et pris les clés dans sa poche.

– Hein, qu'est-ce que tu vas foutre ?

J'ai sorti l'enveloppe de mon manteau.

Il a ouvert la grille et il est allé sous le porche. Il a disparu derrière la bâche, et, quand il est revenu, il tenait la cage au bout de son bras, et il a dit :

– Il a pas crevé de froid.

Je tenais la cage entre mes bras et je remontais la rue de Brescia. Les coups de pelle de Di Gasso dans la neige ont repris très loin derrière moi. Je marchais du côté de la rue où le soleil éclairait. De la vapeur montait des tas de neige, et il y avait des gens qui avaient ouvert leur manteau et qui parfois regardaient la cage dans mes bras.

Et moi je regardais seulement par-dessus la cage, pour voir où j'allais poser les pieds, uniquement occupé à ne pas glisser. De sorte que les regards sur la cage, je ne faisais que les entrevoir, et ce qu'ils exprimaient, je veux dire ce que les gens avaient l'air de penser en apercevant le milan, je ne pouvais pas le voir.

J'ai traversé la route de biais, pour ne pas rater l'angle de la rue, bientôt.

Je suis monté sur le trottoir.

J'ai continué de marcher avec beaucoup de précaution, de regarder devant moi et d'éviter les tas de neige. J'avais chaud dans le cou, sous la nuque, et mes bras formaient deux arcs. Et enfin, les regards des gens ont continué de glisser sur la cage, sans que je les comprenne.

J'ai tourné à gauche et quitté la rue de Brescia.

Il a dit avec sincérité :

– Tu te souviens quand tu m'as posé la question ? Eh bien je suis sûr maintenant que c'est un milan que j'aurais acheté, plutôt qu'un poste de radio.

– C'est vrai ?

– Oui.

Nous sommes restés sans rien dire, tournés vers la fenêtre devant laquelle j'avais installé la cage sur deux chaises. Silencieux, juste à contempler le milan jusqu'à ce que la nuit tombe. Et ensuite nous sommes restés dans le noir, et toujours silencieux, simplement à écouter les bruits qui provenaient de la cage, et qui étaient si ténus qu'on aurait quand même dit du silence et qu'il fallait retenir sa respiration pour les entendre jusqu'au bout. Et mon père parfois me demandait :

– Tu as entendu ça ?

Je répondais :

– Oui.

– Et là ?

– Oui.

– Qu'est-ce que c'était ?

– Ses ailes, je suppose.

Ou bien je hochais la tête, et il le voyait que je hochais la tête pour lui répondre, parce que j'avais changé le fauteuil de place. Je l'avais placé à gauche du lit pour voir le milan sous la fenêtre. Et moi aussi parfois je lui demandais s'il avait entendu, et il me répondait oui la plupart du temps. Mais quelquefois non, et je pensais alors que c'était normal étant donné que j'étais plus près que lui de la cage.

Quand nous avons entendu la porte se refermer et tout de suite après la minuterie de la cage d'escalier se mettre en marche, mon père a détourné son regard de la cage du milan et il m'a dit :

– Bon sang, raconte-moi cette capture maintenant !

Et moi, stupidement, au lieu de m'y mettre tout de suite afin de couvrir le bruit de la minuterie :

– Je reste dans le fauteuil ou je vais près de la cage ?

– Comme tu veux.

Et encore plus stupidement :

– Et la lumière ?

– Bon sang, raconte-moi vite ça !

Je suis resté dans le fauteuil et j'ai raconté la capture dans le noir, les yeux rivés sur l'endroit où se trouvait la cage. Et d'un trait, si bien qu'à la fin j'avais le souffle court. Il a fallu que je reprenne ma respiration avant d'écouter celle de mon père pour savoir s'il s'était endormi. Alors seulement je suis allé dans la cuisine et suis revenu avec une serviette de toilette. Je l'ai étendue sur la cage, puis j'ai attendu debout un moment à me demander si j'allumais la lampe. Finalement je l'ai laissée éteinte et je suis allé m'asseoir dans la cuisine.

J'avais la tête dans mes mains et je dormais quand la porte s'est ouverte et qu'elle est rentrée. Je me suis réveillé quand elle est venue s'asseoir en face de moi, portant encore son manteau et son chapeau. Elle a posé son chapeau sur la table et m'a dit d'abord qu'elle était contente que j'aie réussi à acheter le milan. Ensuite elle m'a demandé si au fait j'avais bien joué aux dominos avec Borgman et les vieux. Je lui ai dit oui, et que c'était Borgman qui avait gagné. Puis gentiment elle m'a demandé pourquoi je ne dormais pas, qu'est-ce que je faisais là encore assis à la table. Je n'ai rien dit parce que tout simplement je ne le savais pas, et elle me l'a redemandé.

Je l'ai regardée, puis j'ai baissé les yeux. Et sans doute parce que je n'étais pas bien réveillé, ou plutôt encore si fatigué de la nuit dernière, j'ai dit dans un souffle :

– Oh, la minuterie !

Puis je me suis tu. Elle m'a regardé, immobile et avec attention. Puis elle m'a demandé :

– Qu'est-ce que tu dis ?

J'ai murmuré par-dessus la table, comme à travers une brume :

– La minuterie, on l'entend de la chambre. Oh, comme on l'entend !

J'aurais bien voulu me rendormir à présent. Mais elle continuait de me regarder. Et juste après qu'elle eut poussé comme ça son chapeau vers le centre de la table, elle m'a dit qu'elle ne comprenait pas ce que je voulais dire. Je crois qu'elle était sincère. Sauf que moi, j'avais tellement espéré que l'allusion à la minuterie allait suffire pour me faire comprendre. Mais non. Et maintenant, je me sentais plein de honte et d'hésitation à lui expliquer précisément de quoi il retournait.

Je l'ai fait, finalement. Les yeux baissés sur la table, mais je l'ai fait. Je lui ai dit, et j'avais l'impression de m'adresser à son chapeau posé sur la table, je lui ai dit que la minuterie des escaliers retentissait jusque dans la chambre de mon père lorsqu'elle l'enclenchait le soir pour sortir. Que c'était quelque chose de difficile à entendre pour lui. Que pour moi c'était autre chose, mais que pour lui je sentais que c'était très difficile chaque fois, car c'était une sacrée longue minute. Que, si elle le voulait bien, pourquoi ne pas essayer de descendre dans le noir plutôt que d'enclencher la minuterie. Je lui ai dit que moi j'avais déjà essayé et que ça avait marché.

Je me suis levé pour aller boire à l'évier.

Quand je suis revenu devant la table, elle sanglotait, les mains posées devant elle. Je me suis assis et je l'ai écoutée sangloter, et au bout d'un moment j'ai fondu en larmes moi aussi, sans un bruit comme je sais le faire. Mais sans dérouler devant mes yeux le vol majestueux de mon milan cette fois, non, à fondre en larmes en restant là assis avec elle, bien présent dans la pièce.

Et c'était quelque chose de très doux.

Sans me presser, je me suis arrêté.

J'ai pris mon temps parce que c'était très doux.

Et quand j'ai été sûr que ma voix m'obéirait j'ai dit en me levant :

– Viens voir !

Elle m'a demandé doucement :

– Quoi ?

Je suis passé près d'elle et elle s'est levée sans plus rien me demander, et tous les deux nous sommes sortis sur le palier. Et lorsque j'ai commencé à descendre les escaliers dans le noir, lentement, une marche après l'autre, puis atteint le premier palier, et de nouveau les marches, toujours une main posée sur la rampe, je n'aurais jamais pensé qu'elle me suivrait.

Je lui apprenais à descendre dans le noir, à se passer d'enclencher l'éclairage, et ça me coupe le souffle d'y repenser.

Nous avons descendu les étages dans un grand silence, et quand nous sommes arrivés dehors, dans la rue, une voiture est passée, ses phares ont éclairé cette grande nuit, et nous sommes restés là, transis et pleins de fatigue, jusqu'à ce que la lumière des phares disparaisse au loin.

Il s'est remis à neiger le lendemain. Je ne suis pas allé travailler à l'hospice. Je suis resté à la maison. J'ai nettoyé la cage dans la cuisine. J'ai lavé chaque barreau. Ensuite j'ai jeté la boîte en fer qui servait d'abreuvoir, j'ai bien lavé tout le fond de la cage et j'ai remplacé la boîte en fer par un bol jaune. A cet instant mon père m'a appelé et m'a demandé ce que je faisais. Je lui ai répondu :

– Attends, tu vas voir.

– Non, dis-moi ce que tu fais !

Alors je lui ai dit que je venais de nettoyer le fond de la cage et de mettre un bol à la place de la boîte en fer.

– Et maintenant ?

– Je fais des lamelles dans une tranche de viande.

– J'aimerais que tu viennes le faire manger ici.

– C'est bien ce que je comptais.

J'ai mis la viande découpée sur une assiette à dessert et l'ai posée près du bol. Je suis revenu dans la chambre. Comme je réinstallais la cage sur les chaises, mon père m'a dit :

– Non, décale-les un peu !

– Comment ?

– Décale les chaises de la fenêtre !

– Tu veux que je les avance ?

– Voilà.

J'ai rapproché les chaises du lit, posé la cage dessus, et demandé si, comme ça, ça allait.

– Oui, là c'est bien.

Je suis allé m'asseoir dans le fauteuil, et mon père m'a murmuré qu'on allait se taire maintenant, et aussi qu'on allait essayer de ne plus bouger, que sans doute on aurait plus de chance qu'il se mette à manger s'il n'y avait pas de bruit. Il avait raison.

Et c'était vraiment magnifique de voir le milan manger la viande, et en même temps de voir neiger par la fenêtre, derrière lui.

C'était si beau qu'on aurait dit que la fenêtre attendait ça depuis toujours, se mettre à neiger tandis qu'un milan mange de la viande devant elle.

J'ai voulu dire à mon père que je trouvais ça magnifique à voir. Mais, quand je me suis retourné, j'ai aperçu son regard si fixement tendu vers la cage et si fasciné que j'ai pensé qu'il était inutile de dire une chose aussi évidente pour lui aussi.

Sauf que mon regard à moi, au bout d'un moment,

est passé par-dessus le milan et ne s'est plus intéressé qu'à la neige qui tombait derrière la fenêtre. Et tout d'un coup j'ai été plein d'effroi et de chagrin en regardant cette neige, jusqu'à ce que soudain mon père dise :

– Bon Dieu, mon garçon, il a tout mangé !

Ça a recommencé le soir quand je me suis couché. J'ai été rempli d'effroi dès que j'ai fermé les yeux. Je les ai rouverts et j'ai commencé à attendre que ça passe.

Alors je me suis souvenu de cette intimité indéfinissable entre mes pantalons qui s'égouttaient sur le plancher et mes yeux fermés, et qui m'avait tellement calmé. Je me suis levé, j'ai attrapé mes pantalons, et au moment de les passer sous l'eau je me suis dit : Pourquoi ne pas essayer directement avec le robinet ? Je l'ai ouvert juste assez pour laisser passer quelques gouttes et je suis retourné me coucher. Je me suis tourné vers la fenêtre, j'ai attendu un peu, et j'ai fermé les yeux.

J'entendais les gouttes tomber dans l'évier. Le son qu'elles produisaient ne ressemblait pas exactement à celui de mes pantalons. Elles ne fabriquaient pas la même intimité que mes pantalons, mais ça avait quand même l'air de fonctionner. Les gouttes tombaient dans un si grand silence qu'elles m'occupaient. Et finalement je me suis calmé.

Le matin quand je me suis levé, le robinet était fermé. Et par la suite je l'ai toujours retrouvé fermé le matin. Et ça a duré comme ça bien longtemps. Car j'ai mis bien du temps à pouvoir enfin m'endormir sans le robinet qui goutte.

Ainsi, voilà ce que faisait ma mère lorsqu'elle rentrait et que moi je dormais tourné vers la fenêtre. Elle fermait le robinet de la cuisine. Et ça mystérieusement, sans jamais une seule fois, le lendemain, me demander pourquoi je l'avais laissé ouvert.

De toutes les choses de cette époque-là que j'essaye encore de comprendre, que je tente de m'expliquer, mon Dieu comme celle-ci en fait partie.

Je suis allé à l'hospice. Mais pas pour travailler : il n'y aurait pas l'ombre d'un vieux autour du jardin. Non, je voulais simplement voir Borgman. J'ai frappé à sa porte mais il n'était pas là. Je suis passé par les grilles et je suis entré dans le parc. Au moment où je pensais qu'il était sans doute dans la salle à manger, je l'ai aperçu. Il déneigeait sous les grands arbres. J'y suis allé, et je crois que c'était la première fois que j'y allais seul, sans un vieux qui me tienne le bras. Quand je suis arrivé devant Borgman, il a calé sa pelle entre ses jambes, et je lui ai dit :

– Vous arrêtez pas pour moi.

Il a secoué la tête et posé la pelle contre un arbre.

– J'en ai assez pour aujourd'hui.

On s'est regardés un instant et il m'a demandé si je voulais boire du café. Je lui ai dit oui. En retournant vers l'entrée, il m'a montré les branches des arbres qui s'étaient cassées sous la neige et dont il avait fait un tas. Je lui ai dit que je viendrais l'aider à les scier. Il m'a répondu que ce n'était pas la peine parce qu'il comptait les brûler comme ça sur place, dès qu'elles auraient séché.

On est entrés dans sa maison. Je suis allé près de la fenêtre, et Borgman m'a dit, tandis qu'il commençait à préparer le café, qu'il ne pensait pas qu'un seul vieux sortirait aujourd'hui.

Je le savais bien. Cependant j'ai dit :

– Vous croyez ?

Il m'a répondu que ça glissait trop encore.

Je suis resté devant la fenêtre jusqu'à ce qu'il pose le café sur la table. Alors je suis allé m'asseoir, il a rempli ma tasse, puis la sienne. Nous avons siroté nos cafés sans rien nous dire. Le mien était tiède quand j'ai réussi à dire :

– Il y a un milan qui allait crever de froid si je ne l'achetais pas.

Il m'a regardé et j'ai compris qu'il n'avait pas fait attention à ce que je venais de dire. En sorte que je l'ai répété :

– Hein, monsieur, il y a un milan qui allait crever de froid.

Il a reposé sa tasse et dit, les yeux baissés :

– Seigneur mon Dieu, qu'est-ce qu'on a fait ?

Et moi, presque suppliant :

– Mais écoutez-moi, monsieur !

Il m'a regardé, et il avait un air tragique et malheureux et tout, et moi j'ai serré ma tasse entre mes mains. C'est à ce moment-là que je me suis rendu compte que je n'avais pas pensé à ôter mon manteau, et que Borgman ne m'y avait pas fait penser non plus. Il a murmuré :

– Seigneur !

Alors j'ai lâché ma tasse, je me suis redressé, si vivement que ma chaise est tombée, et j'ai dit avec colère :

– Oh, arrêtez avec ça !

Et tremblant :

– Monsieur, c'est quand même moi qui l'ai fait.

Il a secoué la tête et dit :

– Oh non, je veux pas savoir comment tu l'as fait.

J'ai gémi :

– Mais je suis pas venu pour vous dire comment j'ai fait.

J'ai redressé ma chaise. Je l'ai poussée sous la table et je suis resté debout, les mains sur le dossier, à contempler Borgman. Finalement il s'est levé, et tandis qu'il ramassait les tasses j'ai dit :

– Monsieur !

Il tenait les tasses dans une seule main et baissait les yeux sur la table.

– Oui.

– Je voudrais qu'on en parle plus du tout après que je vous aurai parlé juste un peu du milan, vous comprenez ?

Il est resté un long moment silencieux, les yeux baissés sur la table, et il a dit d'un ton désolé :

– Non, je crois pas que j'en ai envie.

Il a reposé les tasses sur la table et il a annoncé en regardant vers la fenêtre :

– Je vais retourner déneiger.

Il a quitté la fenêtre des yeux et il a voulu me dire

autre chose, sauf que moi, à ce moment-là, j'étais, façon de parler, déjà sorti de sa maison.

Là-dessus je suis vraiment parti.

Dans la rue, j'ai jeté un œil vers l'hospice. Il y avait des vieux debout derrière une fenêtre qui regardaient le ciel. Mon regard a dévalé les allées du parc, a grimpé les grands arbres au fond, les a redescendus, et je suis parti.

Quand je suis passé près de la rue de Brescia, j'ai eu, l'espace d'un instant, envie d'aller y voir le milan. J'ai presque été déçu de ne plus pouvoir y aller.

Alors il n'a plus neigé et le beau temps est revenu. La température n'est plus redescendue en dessous de zéro. Il a commencé à y avoir de belles journées.

Il me restait beaucoup d'argent dans l'enveloppe. De ce côté-là, je ne regrettais pas mon travail à l'hospice. J'avais en tout cas suffisamment d'argent pour nourrir le milan jusqu'au milieu du printemps. Peut-être même au-delà, jusqu'à la fin du printemps si j'envisageais d'acheter des abats maintenant, plutôt que cette viande de premier choix.

A la maison j'ai dit que je laissais tomber mon travail à l'hospice parce que les hivers étaient trop longs, celui-là surtout. Que j'avais perdu mon temps à attendre que les vieux descendent dans la cour. Qu'alors j'allais me mettre à chercher autre chose. Ils ont dit que j'avais raison et qu'on allait s'arranger.

Il n'a plus neigé, mais un soir il en a encore été une fois question, de la neige. Nous regardions le milan finir de manger devant la fenêtre. L'obscurité n'était pas tombée. On voyait bien le ciel derrière lui, et mon père a dit :

– Ça me plairait qu'il reneige, tu vois.

Je lui ai demandé pourquoi, et puis tout de suite je me suis souvenu, et j'ai dit avant qu'il me l'explique :

– A moi aussi, ça me plairait. C'est sûr que c'était beau.

– Formidable.

J'ai avancé :

– Il va peut-être reneiger.

– Je crois pas.

On a continué à le regarder manger. Avant qu'il ait fini, je suis passé de l'autre côté du lit et j'ai allumé la lampe de chevet. Je suis revenu dans le fauteuil. Le milan a vidé l'assiette à dessert. Mon père a tourné la tête, a regardé le plafond. Et rituellement à présent, il a dit :

– Bon Dieu, mon garçon, il a tout mangé.

Et moi aussi rituellement :

– Tu parles, viande de premier choix.

On s'est tus. Mon père s'est reposé un peu, les yeux rivés au plafond. Puis est venu ce moment où la nuit est vraiment tombée dehors. La fenêtre est devenue noire et nous avons commencé à écouter tous les bruits du milan. Ce qui, depuis pas mal de temps à présent, avait remplacé le récit de la capture.

Il y a eu cette sorte de froissement provenant de la cage, et j'ai demandé :

– Tu as entendu ?

– Non, j'ai rien entendu du tout.

Ça ne m'a pas étonné. D'ailleurs je n'aurais pas dû lui demander. C'était un froissement de rien du tout, et j'avais commencé à me rendre compte depuis quelques jours que, certains bruits, il ne les entendait plus.

Mais il a voulu savoir :

– Alors, qu'est-ce que c'était ?

J'ai lentement hoché les épaules, me suis tourné vers le lit, et j'ai dit :

– J'en sais rien, peut-être que c'était rien.

Alors lui, fébrilement :

– Tu es sûr ?

– Je crois bien, oui.

Heureusement, le milan s'est mis à se piquer les ailes

avec son bec, et ça, mon père parvenait encore à l'entendre. On s'est concentrés tous les deux là-dessus.

Au bout d'un moment le milan s'est redressé sur son perchoir. Il avait fini de se piquer les ailes. Il a cligné des deux yeux en même temps. Puis d'un seul, et de l'autre. Ensuite il a regardé fixement devant lui. Je savais qu'on ne l'entendrait plus rien faire ce soir. J'ai laissé passer un peu de temps et j'ai murmuré, hochant la tête négativement :

– Je suis sûr que c'était rien tout à l'heure.

J'ai tourné la tête vers le lit. Il dormait. Il avait les joues creusées et la bouche légèrement entrouverte. Je me suis enfoncé dans le fauteuil et j'ai fermé les yeux. J'ai essayé d'attraper sa respiration. Ça n'a pas marché, elle était trop basse, et par moments elle raclait légèrement, ou un genre de bruit comme ça.

Je me suis levé, j'ai étendu la serviette sur la cage, et je suis parti dans la cuisine. Dans le couloir, j'ai pensé à quelque chose, j'ai eu une idée. Je suis revenu dans la chambre et j'ai rapproché la cage du lit, en tirant sur les chaises qui la portaient. Pas de beaucoup, de quelques centimètres. Puis je suis retourné dans la cuisine.

Je n'étais pas trop terrifié à l'idée d'aller me coucher parce que m'attendait cette intimité entre les gouttes dans l'évier et mes yeux fermés. Voilà comment je faisais avec le robinet : je l'ouvrais légèrement afin d'obtenir juste un filet d'eau. Ensuite je le refermais, mais pas complètement, et soudain le filet semblait remonter dans le robinet et disparaître, et un instant après l'eau se mettait à goutter. A un rythme que je connaissais par cœur à présent. J'allais me coucher. Je fermais les yeux et l'eau gouttait dans la nuit et me calmait jusqu'à ce que je trouve le sommeil. Bien sûr c'était très long à venir. Mais ça fonctionnait.

Je craignais seulement que ma mère rentre tôt, je veux dire avant que je sois parvenu à m'endormir, qu'elle rentre et ferme le robinet en passant dans la cuisine, et qu'il me faille alors me lever pour le rouvrir, et tout recommencer. Ça n'est jamais arrivé.

Dès lors, chaque soir, j'ai rapproché la cage du lit en tirant sur les deux chaises, mais à peine. J'ai rapproché le milan afin que mon père continue à l'entendre. Je l'ai fait tellement de fois, et je me le rappelle si souvent, que j'ai l'impression qu'un jour, dans mon souvenir, ils finiront par se fondre tous les deux en un seul. Lorsque ça arrivera, ça me plaira je crois. Je ne saurai pas ce que cela signifie, mais j'aimerai ça.

Ensuite j'allais dans la cuisine, j'ouvrais le robinet et j'allais me coucher.

Mes pensées, tandis qu'ainsi j'attendais le sommeil? C'est simple, elles descendaient du quai, elles remontaient la voie de chemin de fer et traversaient les collines entre les bois de mélèzes. Je traversais le pont en construction. Et je continuais au-delà, jusqu'à la route nationale. Et ce n'était pas terrifiant de refaire tout ça, parce que j'entendais l'eau goutter dans l'évier. Enfin, c'est ce que je supposais, parce que je n'ai jamais osé aller fermer le robinet pour le vérifier.

Je ne restais pas devant la route nationale, je repartais tout de suite. J'avançais à grands pas malgré la neige. Je retrouvais le pont, les bois de mélèzes, je redescendais la voie de chemin de fer jusqu'à la gare.

Finalement je m'endormais.

Je ne savais pas pourquoi je faisais tout ça au juste. En partie, en tout cas, pour empêcher mon imagination de me montrer la laisse se dérouler indéfiniment au-dessus de la route nationale, et la courbe que la chienne avait dessinée dans la neige.

Quand je suis revenu de la cuisine, avec l'assiette à dessert pleine de viande, ma mère soutenait la tête de mon père dans sa paume. Il grimaçait de douleur. Elle l'a lentement reposée sur l'oreiller. Je me suis arrêté dans l'encadrement de la porte. Elle est restée ainsi un moment, penchée vers lui. Il a avalé sa salive et son visage s'est détendu. Ensuite il a fermé les yeux. Ma mère s'est redressée et elle m'a dit :

– Ça va maintenant.

Puis elle m'a demandé :

– Tu veux ouvrir la fenêtre ?

Je suis entré dans la chambre. J'ai posé l'assiette sur la table de chevet et je suis passé derrière la cage pour aller ouvrir la fenêtre. A présent, il y avait bien un mètre entre la cage et la fenêtre. Je l'ai ouverte et j'ai regardé passer les voitures dans la rue. Le soleil se reflétait sur leurs vitres. Toute la neige avait pratiquement fondu. Il en restait encore un peu contre les façades. Elle était noire et grise, autour d'elle le trottoir était mouillé. Il faisait bon, mais la plupart des gens que je voyais passer étaient encore chaudement habillés.

Je me suis retourné et j'ai demandé :

– C'est vrai, ça va ?

Elle m'a répondu oui. Elle se tenait droite au pied du lit. Elle m'a demandé :

– Referme juste un peu la fenêtre !

J'ai entrebâillé les deux battants et elle m'a dit que c'était bien comme ça. Elle m'a fait signe de ne pas faire de bruit et elle a quitté la chambre.

J'ai préféré attendre que mon père se réveille pour donner à manger au milan. Seulement il avait senti la viande, et il a commencé à faire du raffut, à rouler des yeux et à s'énerver. J'ai ramené l'assiette dans la cuisine.

J'ai ouvert la fenêtre au-dessus de mon lit et je me suis allongé.

Je m'étais relevé et je buvais de l'eau au robinet quand mon père s'est réveillé. Quand je suis arrivé dans la chambre, il m'a demandé en mimant l'impatience :

– Alors, qu'est-ce que tu attends pour lui donner à manger ?

Je n'ai rien dit. J'étais content. J'ai filé dans la cuisine chercher l'assiette. Le milan était affamé. D'habitude il restait un moment perché avant de commencer. Là il a sauté de son perchoir et s'y est mis tout de suite.

A présent il achevait de manger sa viande. Je me suis tourné vers mon père pour guetter sa phrase. Il a souri parce qu'il savait que je la guettais. Soudain il l'a dite, il s'est extasié :

– Bon Dieu, mon garçon, il a tout mangé.

J'ai reposé la tête contre le fauteuil et envoyé ma réplique :

– Tu parles, viande de premier choix.

Voilà, c'était fait.

Un court silence et il a dit doucement :

– Je sais pas comment, mais je serai toujours avec toi.

Ça m'a vrillé derrière la nuque et c'est descendu dans mon dos. J'ai respiré par la bouche. Ça a continué à descendre, je l'ai senti jusque dans mes genoux. Puis ça m'a laissé complètement vide, et sans voix. Mon père l'a deviné, il a murmuré :

– Oh, excuse-moi.

J'aurais bien voulu lui répondre quelque chose. Mais c'était difficile. Alors j'ai remué la tête pour lui expliquer que non, je ne lui en voulais pas. Il a dit :

– Quand même, excuse-moi !

J'ai fait légèrement oui de la tête. J'ai regardé vers la fenêtre et j'ai demandé :

– Tu veux que je ferme la fenêtre ?

– Je sais pas, j'ai pas froid. Et toi ?

– Non, j'ai pas froid.

– Alors on laisse comme ça.

Cela provoquait un léger courant d'air. Le milan était

en plein dedans. Ça devait lui faire du bien. Dans son cou, il avait des plumes de duvet qui se soulevaient et s'agitaient comme devant un sèche-cheveux miniature.

De ces sortes de crise où sa nuque se tendait et où il grimaçait de douleur, il en a eu de plus en plus. Il fallait lui tenir la tête, et au bout d'un moment la reposer délicatement sur l'oreiller. Au début je n'aimais pas le faire. J'espérais toujours que ma mère soit là quand ça arrivait. Finalement je m'y suis fait, je n'ai presque plus ressenti de gêne à ainsi tenir sa nuque dans ma main et sentir sa peau, et son cou tendu à se rompre.

Je reposais délicatement sa tête, il fermait les yeux et s'endormait. Ça allait mieux quand il se réveillait. Il cherchait le milan des yeux et il était détendu. J'étais assis dans le fauteuil et nous le regardions manger. Le plus beau, c'était quand il mangeait le soir, et qu'alors j'avais allumé la lampe de chevet. L'abat-jour était orange, et l'ampoule de quarante watts était parfaite pour diffuser à travers ce qu'il fallait de lumière. Tout ce que faisait le milan, chacun de ses mouvements, on les voyait dans cette lumière doucement orangée, et c'était quelque chose de très beau. Et même ensuite, les sons qu'il émettait semblaient faits pour cette lumière, ça les rendait encore plus ténus et délicats que dans la lumière du jour.

Tout ça nous plaisait tellement que parfois on oubliait d'envoyer nos phrases rituelles à propos de la viande.

Mon père s'endormait, et j'étendais la serviette sur la cage, tirais les chaises de quelques centimètres vers le lit, et allais me coucher.

Je m'allongeais, et quand j'avais bien trouvé ma place, quand je cessais de bouger, j'entendais les gouttes dans l'évier.

Et, je l'ai dit, j'effectuais le trajet entre la gare et la route nationale.

Et je sais que c'est étrange, mais j'ai fini par imaginer que je portais la chienne dans mes bras. Sa tête reposait sur mon épaule, et j'avais un mal terrible à avancer dans la neige. Arrivé à la route nationale, j'étais épuisé comme jamais je ne l'avais été. Cependant je repartais sans m'être reposé. Et soudain je faisais marcher la vieille femme à côté de moi. Elle n'était pas du tout fatiguée. Elle marchait tranquillement et se contentait de me regarder souffler et gémir sous le poids de sa chienne. Et parfois elle me racontait cette très belle histoire d'écureuil, et nous marchions ainsi et retraversions le pont, et je pleurais amèrement en l'écoutant raconter cette histoire. Puis nous repassions entre les collines, les laissions derrière nous, et soudain on apercevait les lumières de la gare.

Le docteur s'est beaucoup intéressé au milan. Il a dit que c'était la première fois qu'il en voyait un d'aussi près. Il a dit que c'était impressionnant. Il s'est levé et il s'est penché vers la cage. Je l'avais posée près de l'évier. Il m'a demandé ce que je lui donnais à manger, et je le lui ai dit. Ça a eu l'air de le surprendre. Il a avancé la main vers les barreaux, mais il n'a pas osé passer un doigt au travers. C'est pourtant ce qu'il avait envisagé.

Il est revenu s'asseoir et il a plié les papiers qu'il venait de remplir. Il a laissé une main posée dessus et a observé le milan encore un instant. Ma mère lui a demandé à quel moment elle pouvait aller le chercher et il a répondu que c'était n'importe quand à présent, exactement comme elle l'entendait et en avait besoin.

Il est parti, et ma mère est restée assise à la table tandis que je nettoyais le fond de la cage. Le milan avait tourné sa tête vers la fenêtre et il clignait des yeux. J'ai dit :

– Regarde un peu ses yeux !

Elle m'a demandé :

– Quoi ?

– Regarde un peu ses yeux !

Elle l'a observé attentivement et elle a dit :

– Ah oui, il cligne des yeux.

– Et pas toujours les deux en même temps.

– C'est vrai.

Je l'ai entendue se lever, j'ai senti sa main m'effleurer la nuque, et elle est allée dans sa chambre. J'ai terminé de nettoyer la cage, j'ai rempli le bol d'eau propre et j'ai ramené la cage dans la chambre de mon père. Mais ma mère l'avait rangée, sans doute pour le docteur, et les deux chaises étaient repoussées contre la fenêtre. Heureusement je me souvenais assez bien de leur emplacement. Je les ai remises comme il fallait et j'ai posé la cage dessus. Je me suis assis dans le fauteuil, et peu après ma mère est apparue dans l'encadrement de la porte et elle a murmuré qu'elle sortait.

Alors mon père a bougé dans son sommeil et j'ai fait signe à ma mère que j'étais là, qu'elle ne devait pas s'en faire. Elle m'a souri et elle est partie.

Le soir tombait quand il s'est réveillé. J'ai attendu un instant puis j'ai allumé la lampe de chevet. J'ai vu qu'il était encore très fatigué. Je me suis levé et suis allé chercher l'assiette dans la cuisine. Je l'ai donnée au milan, suis revenu m'asseoir, et, silencieux tous les deux, nous l'avons regardé manger dans cette très belle lumière.

Mais ensuite nous ne l'avons pas écouté se lisser les ailes et faire ces sortes de bruits, parce que mon père s'est endormi. Et moi j'ai éteint toutes les lumières, de sa chambre et du couloir.

Le lendemain je venais de me réveiller quand j'ai entendu parler dans la chambre de mon père. Je me suis habillé et suis sorti de la cuisine. Mais je suis resté près de la porte. De l'autre côté du couloir ma mère se tenait à l'entrée de la chambre. Elle m'a vu et elle m'a fait signe de rester là. Je lui ai demandé pourquoi. Alors le docteur est sorti de la chambre et ma mère l'a devancé dans le couloir. Nous sommes rentrés tous les trois dans la cuisine et nous sommes restés un long moment silencieux. Enfin, il me semble que nous avons attendu longtemps avant que le docteur dise qu'il ne se réveillerait plus, que probablement ça durerait ainsi encore un jour ou deux et qu'ensuite, voilà.

Ma mère a fait du café. Nous l'avons bu et le docteur a demandé s'il pouvait se laver les mains.

J'avais mis la même quantité de sucre dans mon café

que d'habitude, mais elle l'avait fait si fort que j'avais la bouche tout amère. Je n'ai pas osé aller voir mon père dans sa chambre. Je suis resté allongé dans mon lit sous la fenêtre une bonne partie de la journée.

Parfois ma mère venait et s'asseyait au bord.

Parfois je me tournais sur le flanc et je regardais par la fenêtre. J'ai vu un grand nombre de choses par la fenêtre. Beaucoup de nuages évidemment, et des oiseaux qui s'approchaient très près de la façade, et plusieurs fois des papiers qui tournoyaient.

Pas une seule fois je me suis souvenu que je possédais un milan.

Le lendemain il y avait un grand soleil.

J'étais devant l'évier et je me lavais le visage quand ma mère est entrée dans la cuisine. Son regard était tendu et effrayant. En s'asseyant elle a failli tomber, elle s'est retenue au rebord de la table. Elle s'est assise, puis tout de suite après elle s'est relevée et m'a pris dans ses bras en murmurant :

– Mon doux garçon.

Et alors j'ai compris.

Elle a desserré ses bras et on est allés s'asseoir sur le bord de mon lit. J'avais encore de l'eau sur le front. Au bout d'un moment j'ai senti les rayons du soleil sur ma nuque. J'ai dit que j'avais chaud dans le cou et elle a dit qu'elle aussi.

On est restés longtemps immobiles, assis sur mon lit, nos nuques dans le soleil. Puis elle m'a demandé si je désirais le voir. J'ai répondu que je ne savais pas. Elle m'a dit qu'elle me comprenait mais qu'il y avait une chose dont je ne devais pas avoir peur, si finalement j'y allais, c'était de son visage, elle était sûre qu'il ne m'effrayerait pas. Ensuite elle m'a demandé si elle pouvait aller chercher le docteur. Je lui ai répondu oui.

Le soleil de midi passait entre les lames des volets. Il éclairait le renfoncement de la fenêtre, un peu de mur autour, et le reste de la chambre était dans la pénombre. Les deux chaises étaient à leur place entre la fenêtre et le lit. La serviette était soigneusement étendue sur la cage. Le milan avait l'air d'être calme sous la serviette. Je me suis avancé et j'ai touché le bois du lit. J'étais soulagé que la chambre fût dans la pénombre. J'ai furtivement tourné la tête, juste assez pour apercevoir son visage. Et de nouveau j'ai fixé la fenêtre et ma main a lâché le bois du lit.

Ainsi je n'osais rien faire d'autre qu'éternellement

rester planté là à fixer la fenêtre. Puis, tout d'un coup, j'ai eu très envie de m'asseoir au pied du lit, et de lentement poser ma joue contre le bois du lit, et d'embrasser le bois. Ça m'a tellement brûlé de le faire qu'il m'a semblé dans les minutes qui ont suivi, tandis que j'étais dans la cuisine à cirer mes bottes, que je l'avais réellement fait.

Parfois lorsque j'y repense, de l'avoir vraiment fait, ou d'en avoir eu tellement envie, j'aime à me dire que cela revient au même, et je suis content.

Et même parfois, et c'est ce que je préfère, je ne cherche pas à me souvenir avec précision, non, je me dis tout simplement que je l'ai fait, que j'ai embrassé le bois du lit. Ça ne me pose pas de problèmes.

Je suis sorti de la chambre. J'ai enfilé mes bottes, attrapé mon manteau, puis soudain j'ai renoncé à sortir. J'ai reposé le manteau sur la chaise et je me suis allongé sous la fenêtre.

J'ai regardé le ciel un moment. Mais, comme il n'y avait rien à y voir, j'ai regardé devant moi.

Je voyais le plat de mes bottes. Le sel de déneigement avait laissé des traces blanches sur le cuir. Le bord des semelles était gris.

On aurait dit des vieilles bottes.

Je me suis redressé, et déchaussé. Suis allé chercher ce qu'il me fallait et suis revenu m'asseoir sur le lit.

Alors je les ai cirées.

Quand elles ont brillé, je les ai posées devant le lit et les ai regardées, comme quelque chose de très précieux. Je ressemblais à quelqu'un qui contemple une paire de bottes neuves.

RÉALISATION : PAO ÉDITIONS DU SEUIL
IMPRESSION : NORMANDIE-ROTO IMPRESSION S.A. À LONRAI (61250)
DÉPÔT LÉGAL : SEPTEMBRE 2000. N° 41222-2 (00-2186)